U0724178

山村女民办教师

肖书椿 著

海峡出版发行集团

海峡文艺出版社

图书在版编目(CIP)数据

　　山村女民办教师/肖书椿著. —福州:海峡文艺出版社,2020.7(2024.3 重印)
　　ISBN 978-7-5550-2318-0

　　Ⅰ.①山… 　Ⅱ.①肖… 　Ⅲ.①中篇小说－中国－当代 　Ⅳ.①I247.5

　　中国版本图书馆 CIP 数据核字(2020)第 105874 号

山村女民办教师

肖书椿　著

出 版 人　林　滨
责任编辑　莫　茜
出版发行　海峡文艺出版社
经　　销　福建新华发行(集团)有限责任公司
社　　址　福州市东水路 76 号 14 层
发 行 部　0591－87536797
印　　刷　三河市兴博印务有限公司
厂　　址　河北省廊坊市三河市杨庄镇大窝头村西
开　　本　889 毫米×1194 毫米　1/32
字　　数　120 千字
印　　张　5.375　　　　　　　　　插页　2
版　　次　2020 年 7 月第 1 版
印　　次　2024 年 3 月第 2 次印刷
书　　号　ISBN 978-7-5550-2318-0
定　　价　36.00 元

如发现印装质量问题,请寄承印厂调换

肖书椿、李娟娟伉俪合影

李娟娟，周宁县一小高级教师

民办教师是教育战线的一支有生力量

——读《山村女民办教师》

张兆浩

肖书椿老师，退休后依然"不待扬鞭自奋蹄"，在文学创作的领域里耕耘不已，其精神令人可敬。前年出版文学作品集《劳蛛缀网》之后，再接再厉，整理旧稿，完成了《山村女民办教师》这部十万余字的中篇小说。

民办教师，这是一个特定历史条件下形成的中小学教师队伍重要组成部分，曾在中国教育史上创造过奇迹。本人在上山下乡力耕之后，也当过六个年头的民办教师，所以对小说中所描写的人物和环境十分熟悉，读起来自然也十分亲切。但我在恢复高考后就上大学了，毕业后还是回归教育，还是为教育作贡献，可毕竟没有像杨雪梅那样，扎下根，咬定青山不放松，终于在民办教师的岗位上最大限度地发挥自己的光和热。

要写民办教师这样题材的小说，是比较困难的；因为那是一个特定的年代，有许多特殊的时代印记。可那个时代毕竟是过去了；而作者的聪明在于，紧紧地抓住教书育人的本质，而罔顾其他，该写的就写，某些地方就轻轻放过。这样的处理既使人认识了那个时代的教育，又不被不恰当的因素所干扰。这使我油然想起电视剧《父母的爱情》，此剧也是描写那个特定的年代，但剧作者巧就巧在专写爱情，不涉及其他更多的外部因素，以情动人，以塑造人物动人。肖老师的这部作品，其有价值之处，也在于此，专注教育，专注民办教师，塑造了一个朝气蓬勃的"教育人"的形象。

杨雪梅老师是一个怎样的"教育人"？她不畏艰苦，愿意到最需要教育的偏僻山村去。记得当年我当民办教师，就是民办学校也有肥瘠远近之分，许多人就争着去离公社近，靠公路线的学校，而像书中所描写的要攀登通天岭的穷乡僻壤坂坑村那样的地方是被视为畏途的。而杨雪梅却以一个弱女子，毅然前行，单凭这一点，就十分难能可贵了。她能深切体会到农村人没有文化之苦，磨破嘴皮说服群众送子女入学，尤其是女童家长，做到了坂坑小学入学率达到百分之百。她还在课余时间办夜校，解决非学龄青年的扫盲问题。这需要多少辛劳的付出啊！她能全面贯彻教育方针，德智体美劳五育并举，带领学生学劳动，在劳动中提高思想水平，在劳动中解决实际困难，而不是片面地突出智育。她知道自己水平不高，能力有限，要加强学习，经常跟志同道合的女民办教师肖春竹切磋教学，努力提高教学水平和教学质量。她总是将工作摆在第一位，而将"私情"放在第二位，当两者发生矛盾时，她能正确摆平它。在对待男朋友生病的态度上，人们就能够看出她的"蕙心纨质"。从各方面看来，杨雪梅是一个品质淳朴而高尚的人民教师。高尔基说："文学是人学。"对于小说而言，更是如此，该部小说的人物形象塑造得比较成功。

从写作的切入角度来说，一般作者多从"民办"身份卑微，待遇不公等方面入手，用批判现实主义的手法反映民办教师的社会存在，唤起人们对他们的同情。而肖老师的这部作品却是从另一个侧面切入，他试图窥探他们的自在、自恰、自信、自乐的精神世界，对他们的历史与社会作用给予赞赏。这就是作家在新时代释放出来的正能量，也可看出以艺术形式保存这段历史回忆的必要性，更让小说放射出理想主义的光辉。

该小说，也写了一个落后的人物——以"鬼火作祟"的林吉命，表现科学与迷信，进步与落后的斗争，揭示教育旨在开发民智、提倡科学的使命。

还想谈谈小说的明暗线处理和双线结构。

作品结构是小说的很重要的因素，能否很好的处理好它，关乎作家的功力。《山村女民办教师》是中篇小说，中篇以上，如果只是单线结构，那样的小说再成功，也显得内容单薄。而这部小说，好就好在尽力完成杨雪梅这条线索的同时，又能适当地展开牛坑村教育的另一条线索，让"对面山的灯光"与这边山的灯光互相辉映，相得益彰。后来在适当的时候，就将两条线合一，让"两路英雄"会师。明线当然是指对杨雪梅学校的描写，而暗线自然是指对她的男朋友梁平工厂工作情况的描写。两条线也在适当的时候衔接起来。小说终于编织出一个成功的三维网状结构。

这部小说在塑造人物形象时，较多用对话描写。言为心声，对话描写最能表现人物思想感情的律动和变化，也最难动笔，最难用墨。而这篇小说的好几个章节都描写人物对话，都写得真实、近情、生动，每个章节的人物对话犹如话剧一样精彩。除了主要人物杨雪梅言语豪壮自信之外，另几个人物的言语谈吐也很个性化，很生动逼真，如昌大爷的诚恳而质朴，肖春竹的温柔而和顺，林冬松的憨厚而幽默。我相信他们的谈吐声音都会久久留在读者的耳边。

这部小说的情节呈现生活流，没有过多的戏剧性冲突，有如一江春水缓缓流，这也带来一个好处，作者在百忙中可以有"闲笔"，穿插抒情场景，让人物展示内心感情，表现他们的人生境界。如"山村的夜光""牛坑夜话""两路会师"等章节，就像一篇篇抒情散文。

我想，明敏的读者对作品会有比我更深入的理解。

肖老师虽然没有当过民办教师，但是他长期在基层从事教育工作，他关心农村教育，关心农村的民办教育，有过仔细的观察，有过认真的思考，所以才能完成这样一部力作。

2020 年 3 月 22 日

（本文作者系罗源一中原校长，福建省特级教师，中学高级教师，福建省作家协会会员）

不知我者，谓我何求

——权当《自序》

肖书椿

你问我，为什么要创作小说《山村女民办教师》？

请听我说说我的一段经历。

"停课闹革命"一页翻过去了，学校复课了。县教育组把我调离原来的中学，要我到全县最偏僻的金池公社初中班任教。中小学混合在一起，教师就住在祖庙改造成的礼堂的隔壁楼上。

每个月，全学区中小学教师都要集中学习一次。学区有食堂和简易的客房。山头上的教师都来到中心校。原来，民办教师的人数很多，近半数。

我这个人适应性强，乐乎天命，随遇而安，混迹在民办教师之中，乐呵呵的。

他们很看重我：大学毕业，中学教师，谈吐可亲。他们尊敬我，亲近我；我也亲近他们，尊重他们，倒有些鱼水相逢的感觉。

他们从山头下来，到学区办公室报到，然后就到我的房间来，把小行李寄在我这里。他们自己放好，自己取走，我也放心。

一两个月后，我跟那些青年民办教师混得稔熟，嘻嘻哈哈，无所不谈。

"肖老师，我们这里就你是大学生。"一个赞赏地说。

"大学生怎么会到这最偏僻的地方来？"他们好奇地问。

"没什么，都一样，干革命！"我笑着回答。

"你是智多星，校长都找你请教。"

"无用！无用！百无一用是书生。"我回答说。

"不是，是宋江的军师吴用。"

"肖老师，天生我才必有用！怎么会无用？宋江就用你。"小青年说。

"呵呵，不说了，小伙计。"他们高看我，我心里有一种难以抑制的快意。

县教育组和进修校的好几个人员都是我的熟人。他们下乡住在学区客房，客房光线差，常到我的房间闲聊。郑老师下乡，便是我的常客。大家都随便，不拘礼，我坐在办公桌前，老郑就坐在我的床沿，并不认为我怠慢他。

发现郑老师到我房间，那些青年民办教师都涌了进来。

"郑老师，今年有没有转正指标啊？"

"不清楚，那要问人事股老李，反正把教学工作搞好，会给你们转正的。"郑老师笑着说。

"你要向郑老师问数学教学，他是大专数学系毕业的。"我挺着大拇指说，"省教参，他都参编。"

"郑老师，这次有什么任务呀？"

"主要了解入学率，你们这个学区问题不大。"

"我校入学率百分百。"女民办教师陈颖思说。

"你东山头学龄儿童少。"桥溪校的男青年说。

"反正百分之百，你达到没有？"陈颖思较劲说。

"郑老师，向领导反映一下，补贴可不可以多几元？"其中一个男青年说。

"应当反映，明天我跟你们徐校长下各大队巡视，也会向当地大队领导要求多给你们一些，你们的要求是合理的。"郑老师回答。

"你们应当有主动精神，敢于向大队提出要求。地方上的补贴真的应当多一些。我们劳有所值吧。"我从旁怂恿说。

公社的、县里的种种情况，大家七嘴八舌，闲聊到傍晚五点钟都过了。徐校长在礼堂喊郑老师吃饭。我就趁机说："大家开饭去，老郑的新闻发布会就此结束。"

我的房间成了青年民办教师的"沙龙"，学区一集中，大家都来我这里，真是"高朋满座"。

这些民办教师中，有个女青年，给我比较深的印象，那就是东山头校的陈颖思。每次来学区，她先到我这里，把小提包往墙上一挂，空着手，摇着"马尾巴"去办公室报到，然后走家串户，每一次都这样，好像这里是她的家。

有一次是月底，学区没有开会，颖思来了。她来到我房间，把小包挂到墙上，正准备出去。因为不是开会，没有办集体伙食，住在我隔壁间的管食堂的老孙便问：

"颖思，有没有在这里吃午饭呀？"

"有。可是我身上没有钱，要去总务处借。"

"不用去借了！"我转身到隔壁间对老孙说，"记在我名下，以后都这样。"

"肖老师，我会还你！"

"几餐饭，还什么！"我说。

"不用还，肖老师全学区工资最高。"老孙凑趣说。

"你赏饭，我心领了。"颖思说着出去了。

后来，她真的吃了食堂，都记在我名下。

暑假，颖思从我这里借了几本教学用书回去钻研。秋季开学初，教师在学区集中开会，夜里自由活动，她手拿一盒火柴来到我的房间，原来是从礼堂过来，走廊、楼梯、过道都没有路灯，她也没有手电。

问明她带火柴的原因，我感同身受地说："哎，火柴真有用！我读高中时，也常身带火柴，划根火柴，不仅可照明，还可壮胆。"

她静静地坐在我的桌边，在微黄的灯光下，谈了一些家况：母亲早亡，只有老父，老父孱弱，只能靠她支撑门面。

由于大家都知道的原因，她政审不过关，升学无望。她感念到我的善良诚恳，什么隐衷都对我讲。

我专注地听着，频频点头，表示理解并安慰说："没关系。船到桥头自然直，出路总会有的，先把目前的工作做好。"真的，有用的话我也说不出。

"目前，我还可以。东山头校，先辉老师当校长，对我很关照。上学期办公费剩余都作为民办补贴费给我。到学区，有你在这里，可以驻泊。他们遇事问神明，我不信，我还是请教你，你分析事情入情入理。"

这以后，她真的事事来问我，倾听我的指点。每当学区集中开会，晚饭后，她和我跟一个姓叶的公办老师，三人同行，到溪边拱桥那边闲聊、赏月。那时没有电视，也没有手机微信，散步、闲聊是一种精神享受。

又是一年夏天，暑假前夕，学区会议结束，金池校的老师到桥溪校游玩。那夜，许多人在校内聚谈，我和颖思到校门口外的坡地上聊天。明月、清风、青山、绿水，环境宜人。

她告诉我，下半年要转到她家乡那个公社任教，可以就近照顾孤独的老父。她说已找到一个对象，在邻县公路段工作，也算是全民所有制。她讲话语调很平稳，我颇欣慰，知道她自立、自强，自己能够企划前程。

此后，我就没有见过她，听说，她已结婚生子，工作也转正了。

又是开学初，学区集中开会。我的房间又热闹起来了。山头上的教师来到学区，都会来我的房间，聚一聚，闹一闹，乐一乐。

"郑老师怎么没有来？没有带来县里的消息。"一个小青年问。

"哎，他很随和，肯跟我们交谈，没有来可惜！"另一个感叹道。

"没关系，肖老师在就好了。"姓占的女青年说，"他在，我们的行李有地方寄。"

"傻了！老师在，我们有地方请教，行李怎么没有地方放？有客房呢。"有人说。

从外面走进来一个青年民办教师，叫叶忠明。

"肖老师，这些小笋带来给你尝尝新。小笋，清气，幼嫩，可口！"

"破东西，有什么好吃！"另一个不屑地说。

"好吃，说不上，土特产吧！"叶忠明退一步说，"一点心意就是了。老师。"

"怎么能说破东西，难得啊！意好井水也会甜！"我望着忠明深情地说。

我的房间人来人往，多数山头上民办教师把这里当作站头，有事没事都进来站一站，聊一聊。

"肖老师，江智老师也是大学毕业的，跟你不一样，怎么那么孤僻，那么高傲？看不起我们。"有个民办教师这样问。

"不！不！你们搞错了。他有些孤僻，但不是高傲。他是被运动冲击怕了，变得多心多疑，只认为别人对他都不怀好意，所以自闭起来。你们不知道他内心的苦处，错怪了他。而我适应性强，有些老油条，我以为世上还是好人多，人家都是善意的。"我为江智向他们解释一番，他们才释疑。

我的房间还是民办青年教师的"同乡会"，他们经常在我这里碰头说事，然后一起去行动。有的人，有疑难就找我谈，好像我是基督教的牧师。有事来祈问，有问必有答，得到了答案，表情就乐呵呵的。

有个师范毕业生李小满，工作了四五年，还是没有找到对象。我把民办女教师杨小惠介绍给他。我分析给他俩听，一对夫妇同职同业，最能唱和，可达默契，比别的夫妇有更多的共同语言，可谓志同道合。在我的撮合下，他俩终于成为恩爱的伴侣。

我到金池初中班已三年，暑假结束了，又是新学年开始。我从外地回校，一开房门，山头上的青年民办教师就挤进来，地板上堆满了他们的小行李。

这次学区集中开会，县里郑老师又来了。

我仍然不拘礼，坐在办公桌前，让老郑坐在我床沿。山头上来的民办教师挤成一堆，挤到老郑的面前，七嘴八舌问个不停。

"郑老师，你有什么新闻发布？"一个小青年半开玩笑地问。

"真的有，你们猜。"老郑故作神秘地说。

"有转正指标是不是？"大家都注视老郑，神情紧张。

"下半年肯定有指标。今天不讲这个。"老郑说。

"还有什么？"

"肖老师被调往一中。"郑老师公开了谜底。

"哇呀，糟了！"

"我们业务考试要他辅导呀！"

"我们要向县教育组反映，不让他走！"

大伙叽叽喳喳，闹个不停。

"小伙计们，服从领导安排。友谊归友谊，工作归工作。友谊是能够飞过万水千山的！"我乐呵呵地劝慰他们。

我到一中后，没有时间回金池跟那些山头上的民办教师们晤面聚首，促膝谈心；但是我没有忘记他们，我常常向群山重峦的金池方向眺望，见到金池上县里的人，我都打听他们的景况。每学期开学，郑老师都下乡到金池学区，我都向他细询，某人在东山头，某人在桥溪，某人转正了没有。

杨小惠没什么事，却常上县里来一中看望我，跟我爱人聊家常。隔两个月又来了，说是看一看我们家，她心里就很温馨，若多时没上县里，好像有什么东西丢失在县城。

有一天，叶忠明来了，说他已转正，一脸高兴的神情。他带来一捆笋干，那笋干白中带黄，有些透明的样子。他说："今天这笋干很好，浸水切细，炒肉，包好吃。我们山区人敬神明用的，我才敢送上。竹的正直、笋的清气爽口，叫人好吃，你是正直清廉的人，最该吃这个。"

我要他在我家留宿，晚上我俩自然又聊起家常，漫天说来，无边无际，无休无止。后来我劝他说："你们老远来看我，我很不好受，心中不安，以后少来，免得路途劳累，还得花车费。"

"看望你，这是我们的情结，看到你，我得到一种欣慰和满足。你没有权势，却有情义，你多情叫人留恋，你重义叫人敬佩，你有人格魅力。"

　　"啊，谢谢你们的夸奖，我也没有忘记你们。我有个情结，那就是，把你们当民办教师的辛勤教学和你们的高尚情怀，写成一部小说，让我们的友谊永恒。若这部小说出版了，我的情结便打开了，心情便无比舒畅。"

　　窗外，明月高悬，似乎是，耿耿此心，天月共鉴。

2020 年 4 月

目　录

攀登通天岭

初春的天气，大地暖烘烘的。诗人说：万象已随温律转，百花争向好春开。春天的脚步踏遍了千山万壑，唤醒了沉睡的大地，催促着勤劳的人们。

太阳在空中高照着。天空一片青蓝，没有一丝云彩，像是洁净无尘的妆镜。阳光给大地输送着温暖，使大地热气蒸蒸，使万物充满生机与活力。

山区的大地，一座座峰峦都换上了新装，一条条溪涧都开始了欢唱。山坡上的桃树林，桃花盛开着，像一树树火把；小河边杨柳吐了新芽，长了绿叶，像姑娘颈脖上的鲜艳领巾。青绿色的树木，树梢上多了一圈浅绿的花环，山坡上的梯田，麦苗茂盛地生长着，小河边梯田里的油菜花黄澄澄的。岩壁上山丹丹开放了，像篝火在山间燃烧。

喜鹊在桃花的枝头叫着，喳喳的欢叫向人间报道着早春的信息。燕子从热带飞来了，它们整天在空中穿梭，含泥衔草，建造新巢。田野里蝈蝈儿唱着跳着；白鹭鸟在新翻的土地上寻食。

农民们早就发动了春耕，有的农民吆喝着牛在犁田，翻起一片片新泥，有的在长满野草的山坡上烧山灰。人勤春来早，春早人勤劳。春天使大地充满生机，人们使春天更富有活力。

眼前是一个河谷地带，小河的一边是一座大山，小河的另一边也是一座大山。一条弯弯曲曲的山路翻过大山，然后，那路便盘着山坡而上，路旁满是山丹丹之类的野花。这情景使人记起名画"白云生处有人家"。

这时，一个女青年正在这崎岖的山路上，迈着矫健的步伐，愉快地哼着歌。

女青年名叫杨雪梅，小学民办教师，穿着枣红色的上衣，挑着一副担子，前头行李被窝，后头是二十套小学课本，走得浑身发热，她把棉衣脱下，挂在后头。

杨雪梅没有歇脚就一气攀着那条山岭，那山岭陡得可以走泥丸，小路既窄又滑，叫作通天岭。

初春的天气，本是和暖宜人的，人走起路，爬起山岭来，却热得气喘吁吁的，好像是在大夏天里。雪梅攀到半山腰就热得汗流浃背了，脸上的汗落雨一样地洒下，那一头短发有一些就沾到双颊和脖子上了。她坐到一块石头上休息起来，山风迎面吹着，她感到凉快无比。向下看去，小溪流水潺潺，隔溪的山崖上，有人在开地种茶，大喊一声，隔溪山崖上的人就会听得到。但要到那边去，却要花一二个钟头的时间。

雪梅有些脚酸手软，因为过去她很少走这样的路。休息了一会儿，气喘停了；但疲倦的感觉却反而明显起来。她看着隔溪的园地，农民们挥动着有力的臂膀，一锄一锄地铲除杂草，挖起新泥，种上茶苗，她心里非常佩服，深感到自己的柔弱。劳动人民是大地的主人，劳动是改造世界的唯一途径，劳动还是改造人、改造世界观的唯一办法。她这样想，更坚定了刻苦锻炼的决心。向上望，人在半山腰上，是看不到山顶的，盘山的小路峰回路转，走也走不完。她挑着担仍然迈出矫健的步伐，山风吹得短发有几丝飘动着，走了一阵，又流起汗来，汗水把她的脸浸润得像颗熟透的苹果一样红。

疲劳的感觉渐渐消失了，她看到对面山崖上的农民仍然在没停没歇地劳动着，锄头在阳光下闪着银光。她信心更足了，一种勇气、一种鼓舞给她力量。她越走越觉得力气足，脚步快了。每攀上一步，眼界越开阔了；山谷里的小溪流水声已经听不见了，向远方望去，可以看到几十里外起伏的山峦和暖暖的村庄，但是这条通天岭还没有尽头。被通天岭绕着的这座大山，仍然在她的身边巍然屹立着。雪梅没有疲劳感，她望着山岩上那艳红的山花，心里有一种说不出的信心。那山花是她在家乡所未曾看见过的。越攀越高，嶙峋的山岩，烂漫的山花，茂盛的树木，触目皆是。看到这一切，她油然地记起马克思的名言：

在科学上面是没有平坦的大路可走的，只有那些在崎岖小路的攀登上不畏劳苦的人，才有希望到达光辉的顶点。

雪梅越走越觉得革命导师的话意味深长，越攀这陡峭的山岭，越觉得有信心。她想，这山岭长些更好，更能考验一个青年的意志和决心。

这山顶上的小山村叫坂坑村，被人看作世外的天地，除了那里的人祖祖辈辈土生土长在那里，外地人很少到那里去。山高水冷，道路崎岖，外地人把它视为畏途。有民谣说，坂坑坂坑，山陡得像块坂，地小得像个坑。牛攀不上坂，马睡不下坑。

新中国成立前坂坑村是个穷山沟，荒凉得很。苛政猛于虎，所以附近一些大乡村的无地农民就跑到这高寒的荒山沟住山寮，开荒地。他们以为这样便可以逃脱剥削，自由地营生。

谁晓得，人们在这荒山沟里也不容易发家。新中国成立前夕，国民党的壮丁也派到这里了，各种名目的高利贷也比肩接踵地踏进这小山沟。

新中国成立后，坂坑村的十几二十户人家翻身了，他们满怀信心地要把穷山沟变成富山沟。这里的农民们兴修水利，改造低产田，提高了亩产产量；他们开荒种茶，炼山造林。随着农业的发展，生活的改善，这里的人们对文化的需求日益迫切。他们自力更生，自己筹款办小学。但是，由于地方偏僻，气候寒冷，交通困难，外地来的教师适应不了这里的生活，教了不多久就走了。这样，小山村的教育一直没能如意地发展起来。

坂坑村是个自然村，属于山坂公社牛坑大队管辖，村里没有行政领导班子，一切大小缓急的事全靠老党员、老农民林盛昌打理，人们都叫他昌大爷。今年正月初，他又三番五次跑到公社教育组要求派老师办民办小学，杨雪梅便被派来了。

杨雪梅挑着担子，迎着山风，一步一步地向山顶登去。她想着坂坑村的人们，想到人们的办学热情，心里也热乎起来了。她回头俯瞰自己走过的山岭，在山谷底下那横跨小溪的木廊桥已小得看不清了，四周许多山峦起起伏伏，有如海浪。她用毛巾揩了揩脸上和脖子上的汗，觉得攀上这山岭是必须费气力的，但并不是办不到的。攀山越岭是难事，但跟那战士们在火线上出生入死，跟农民群众们改山改水流血流汗相比起来，绝不是难事。她越攀越高，越望越远，越走脚步越快，心里像一块香糖在热水中溶化开一样好滋味。想到去年下半年，有个女同志在坂坑只教了一个月，下山后诅咒不山上，雪梅认为那种人的生活能力是低劣的，灵魂是渺小的！想到这里，她伫立在坡上，深深地吸了一口山上的新鲜空气，让自己的胸脯舒展舒展，感到一阵有生以来没有享受过的快乐。

杨雪梅是东南沿海的安市人。初中毕业后，她主动要求到山区仙阳县洋坂公社插队，后来当上民办教师。杨雪梅被派到山坂公社山坂大队教书，她兢兢业业地工作，教学业绩突出。

今年年初全公社公民办教师集中学习，会议结束时，领导同志找她谈话，要求她离开比较大的乡村，到地势高、生活条件差的牛坑大队的坂坑自然村单人校任教。坂坑村是离山坂十几里的小山沟，条件太差了。杨雪梅丝毫没有考虑条件好坏，她满口答应下来了。她想，那里别人不肯去，成了空白点，那里的农民子女得不到读书的机会，真是遗憾的事，她应当到那里去，把那里的学校办起来是一个教师的光荣职责啊！于是，她轻装出发了。今天中午，她在山坂中心小学吃饭。中心校用三用机喊话，通知坂坑村老农林盛昌同志。昌大爷回答说要下山来接小杨，杨雪梅在喇叭上坚决劝阻他下山来接。她说，她自己懂得路，也挑得动。

通天岭走完了，放眼四望，群山起伏，万壑错综，远山像琉璃样地透明，近山巍峨挺拔，视野无比开阔，山风习习，迎面吹拂。这真叫人心旷神怡，在平原地带生活惯了的人，这时才体会得到"无限风光在险峰"的意境。

到了岭头山巅，却没有看到乡村。那山路像根飘带一样下了一个坡，却又上了一个坡，通向另一座高山密林里去了。杨雪梅没有气馁，路是死定那么长，人的双脚却是无比灵活的，赶在黄昏时刻，肯定能够走到坂坑村。

眼盯着对面山坳那一丛茂密的森林，她紧步快跑。她想，那村庄肯定是在山林环抱之中。

果然，她穿过荫密不见天的林间小路，下了个陡坡，就突然间看到了两排房屋。房屋的后门和对面不远的地方都是参天的乔木。房屋的面前是几亩水田，水田中间有一条小溪涧。房屋的烟囱都冒着嫋嫋的炊烟，三五个小孩子在屋前的平地上嬉戏着，公鸡正喔喔地报道着黄昏。原来这坂坑村就是山顶上的一个山窝窝呢。屋子后门的树林里，红的、紫的山花怒放着，远远看过去好像一张织锦。杨雪梅看着这一切，她对这房舍、这树木、这花草满怀着兴趣，越走脚步越快了。

在离房屋百来米的地方，一位老大爷满脸笑容地迎了出来，他背后跟着一群小孩子。雪梅打量了一下那老大爷，有六十开外的年纪了，中等身材，满脸皱纹，一双眼睛笑眯眯的，很灵动，走起路来，步伐挺稳健有力。

"你是杨老师吗？"老大爷说着，没等雪梅回答，便伸手要接雪梅肩上的担子。

"我是杨雪梅。——大爷，我自己会挑呢。"雪梅说，"您就是昌大爷吧？"

"是我。"昌大爷说着便硬抢着要挑，"我来，你累了。"

"我给老师挑。"

"我给老师挑。"

那几个小孩子簇拥上前，把雪梅的行李硬抓住了。

雪梅拗不过他们老小，只好把担子放下来。昌大爷就用肩膀顶上去挑走了。

"孩子们，"昌大爷环顾了一下说，"我不是跟你们约好了？来接老师时，要听我的指挥。"

"好！"孩子们说。

"你们邀老师走，好吗？"昌大爷停了停说。

"好！"孩子们齐声回答。

老大爷挑着担子开步走了，孩子们围着雪梅，拉着她的手，挨近她的身子，推着她走。

"老师，你走得累了吗？"一个较大的孩子问。

"不会的，小朋友。"雪梅看着这群天真活泼的孩子，激动地回答。

"杨老师啊！我本该到山坂去接你啊！"

"那样太麻烦你们，况且我会挑担子呢。"

"孩子们听说你要来，他们天天等，一见面就问呢。下午听说你会来，他们一直跟着我。"

谈话间，昌大爷把杨雪梅带到自己的家了。

那房屋是新盖的小四扇，一个天井，一个小厅，厅边门进去便是厨房，昌大娘的声音从厨房里传了出来。

"老头，老师来了吗？"

"来了！来了！"昌大爷笑着回答。

昌大爷把雪梅引进厨房连饭厅的边屋。灶火烧得厨房很温暖。昌大娘忙着给雪梅泡茶端水。孩子们把雪梅的行李放在凳子上，并且小心翼翼地用小手抚摸着它。他们用羡慕的目光望着正在喝茶的杨老师。

"孩子们，你们先回去，让老师休息一下。"

"小弟弟，过两天来读书，不要忘了。"

"好！再见，杨老师。"

昌大爷把孩子们打发走了，只留下他的女儿林小桃。小桃已十五岁，超过了入学的年龄。

"杨老师，上星期我到公社去要求派老师，他们说，这次来了一个外地老师，很有决心。"昌大爷一边点起竹管烟一边说。

"我决心把这里的学校办好！"雪梅说。

"老师是外地人，来这里生活不很适应，缺乏亲人照顾，有什么要求尽管提出来。都怪我们这里地方差。"

"不，昌大爷，这地方不差啊！"雪梅语气坚定地说。

"你这样说太好了！杨老师，先前的几个老师都适应不了这里的生活，都想家，后来就跑回家去了。"昌大爷望着杨雪梅，眼里含着既是感激又是慨叹的感情。

"想什么家？昌大爷，革命者四海为家呢！"杨雪梅洗着手，用力地拧着毛巾说，"你们广大农民都习惯这山村生活，我也一定会习惯的。"

"那太好了！杨老师，你将给我们的孩子造福了。"昌大娘从灶门口站起来，抢前一步说。

"全靠党和政府好领导，真的，今年来了好老师。"昌大爷激动地说，"我们这里也要办起个真正的学校，我们的孩子不再睁眼瞎。"

杨雪梅喝了茶，洗了脸，在饭桌前坐了下来。倘若在以往，走了这么多山路，肯定是筋疲力尽了，可是此刻她一点倦意也没有，神采奕奕，心头有着无比的激动，心潮欢腾着。昌大爷昌大娘的热情和殷切期望，孩子们的天真可爱，深深地激励着她。这小村是何等地引人入胜；来到这里任教，不做出成绩来，怎么对得起他们呢？她又想，以往的同志在这里教一两个月就跑走，他们是怎么忍心抛开这些可爱的弟妹和可敬的叔伯的呢？在她，她是走不开的啊！她觉得，自己并不是离开家乡亲人单枪匹马来到偏僻的山沟，而是仍然生活在亲人的氛围之中，眼前昌大爷昌大娘就跟自己的爷爷奶奶一样亲切和蔼，而前会儿看到的小孩子就像自己嫡亲的弟妹一样叫人爱怜。此刻，一种浓厚的感情，一种崇高的友爱包围着她。她的心是激动的，她的手脚是滚热的，她的脸上禁不住盈满笑容。

一会儿，昌大娘端出点心来了。大碗的白面和煎蛋，热气腾腾的。

"杨老师，你走累了，先吃点吧！"昌大娘笑眯眯地招呼她。

"这是山里的口味啊！你别客气。"

"你们真客气，我不饿呢，大爷大妈。"

"不饿，没这话！走了这么远的路，爬了这么高的山，哪有不饿的道理。不吃下去，叫我们不放心。"昌大爷爽直地催促说，他的脸上露出焦急的神情，"我们这里粮食充足，我们村给老师提供口粮，还给十五元补贴，比别村多一些。"[1]

"别客气了，孩子，你不是说，革命者是一家人嘛！"昌大娘轻抚雪梅的肩膀，"你饿着，我们心里过不去！"

昌大爷昌大娘两个人，四颗眼睛恳切地望着雪梅。

雪梅望着身边的两位老人家，从他俩的表情里明白，坂坑的农民是如何地关怀她、期待她。

---

[1] 一般的乡村，每月只给每位民办教师 15 斤米、10 元钱。

荒草地也可以种花

　　一种公民的责任感，一种崇高的人性情怀，在雪梅的胸中燃烧着。这种感情之火，渐渐地燃遍了整个身体。她觉得脸是火辣的，手脚是暖烘烘的，浑身充满着力量。什么山高天寒，什么路途疲劳，什么人地生疏，她都没有捉摸到。

　　"昌大爷，我们的校舍在哪一座房屋呢？"雪梅问。

　　"过去老师来，招不了几个学生，就在我家这小厅上课。现在您来，我们选择村边的旧房做学校，地点宽敞，有活动场地。离住房有三四百步远呢。"

　　"昌大爷，我们去看看好吗？"

　　"杨老师，不用着急，你休息一下，明天我叫几个人收拾收拾。"

　　"不用休息，我不会累！"

　　"明天，叫几个人整理好了，让你看看。"昌大爷恳切地说。

　　"不，昌大爷，我会整理。我想先看看。"

　　在雪梅的恳求下，昌大爷带着雪梅去看校舍了。

　　他们走出家门时，已是太阳傍山的时分，群众已经收工了。他们看见昌大爷跟雪梅一起走着，都投来亲切的目光，打听老师来了没有。当他们知道老师就是这个年轻女子，便热情地向她问候，雪梅也亲密无间地跟他们招呼起来。

在村头，有一座门墙已经坍塌的破旧房屋，雪梅跟昌大爷一起走了进去。房屋里很荒凉，天井里长着小草，大厅里堆放着柴草。厅旁边的两个房间没有上锁，门敞开着。旁屋里有一锅灶，已经倒塌了。

"杨老师，这地方做校舍，条件是很差的，我们准备小队出些杉木，做些桌子给孩子们上课，但开春时间紧，来不及，要等几天。这地方，晚上住不了人。老师住到我家里去。"昌大爷用迂缓的语气说着，似乎有些难为情，只是用恳求的目光望着雪梅。

雪梅细心地观察着这破旧的房屋，她明白，这就是坂坑人交给她的校产，坂坑学校就是要靠她跟这里的群众建设起来。中国古语说：艰苦创业，白手成家。她并不厌弃这些简陋的校产，也不由于条件差而心里难过，失去信心。她想，万丈高楼平地起，移山倒海靠双手，就靠这简陋的校舍，也可以大有作为的。她环顾一下四周，把自己的感情深深地注入这简陋的校舍上去，她认为这房屋、这木石、这花木将是她的战友，她爱惜它们。

"昌大爷，这里做校舍蛮好呀！完全可以。暂时没有桌子，叫孩子们自己带，这两张神桌可以改来用一用！"她诚恳地注视着昌大爷说，"昌大爷，你以为我不喜欢这环境吗？不会的。"

"啊！——太好了，杨老师。"昌大爷高兴得手舞足蹈起来。他万没想到雪梅会说出这般话，感激得眼睛里噙着热泪。"你说的话怎么都说到我们的心里来了。杨老师，我就怕你看了这情景失去信心，我还准备了一大套话来安慰你，劝告你。现在全不用说了。"

"昌大爷，我们办学要看实质呢，不能光看外表。我们重视的是用什么来教学生，怎么教学生，培养出什么样的学生。我们办学校是要为广大农民、为山区群众着想的呀！"

"唉，以往有的老师上了山，疲劳了，看了这校舍就灰心，所以我被他们搞得不好意思，对他们也失去信心了。"昌大爷顿一下又说，"说实在话，我们的校舍真的不好，城市的校舍是洋房，大乡村的校舍是像样的楼房，可我们只有这将军庙。"

"昌大爷，洋房有什么用呢？洋房里未必都能培养出好人才。学校出人才，就靠老师勤教，学生苦学呢。茅庐也可以出诸葛亮。"雪梅批评起某些人来了，因为她想到某些教师既无能又自大，不禁有些愤慨。

"以前来了个别老师，就是说这里条件差，啥事也干不出来，吃了饭干什么也不知道！"昌大爷不平地说。

"昌大爷，你说这是将军庙，那将军呢？"雪梅好奇地问。

"唉，将军有什么用。那个菩萨，旧社会我们敬他、拜他，可他不能使我们富起来，盖了庙给他住有什么用？早就被我们请走了。现在，我们改作校舍，培养人才吧！"

"是的，我们不信天、不信神，就信自己的人力可以改造世界。我们办学校，就是要破除封建迷信，提倡唯物论，培养出有文化的劳动者。靠大家同心协力来改变一穷二白的面貌，不靠什么将军什么上帝，一切靠自己。"

"有你这样的想法就好了，杨老师。你来一定给我们的孩子们造福。你有艰苦奋斗的精神，我们更应当发愤图强，办好学校。明天，我叫几个人来把门墙筑起来，把房间整理出来，抓紧时间把课桌做出来。"

"我明天来整理环境。群众春耕忙，能做的事情，我自己做。”雪梅说。

　　“一片荒芜，到处野草，对不起老师啊！”昌大爷难为情地说，脸有愧疚的表情。

　　“荒草丛生的地方，可以改造成花园。事在人为啊！大爷。”雪梅满怀信心地说。

文盲是莫名的痛苦

晚饭后，昌大爷安排雪梅到女儿小桃的房间休息。他和大娘拿着煤油灯，带雪梅到小桃的房间。

"杨老师，你该是很累了，晚上早些休息吧！我们这里没电灯，不方便呢。"

"昌大爷，我不累！煤油灯不是一样地顶事！"雪梅笑着说，"你坐吧！昌大爷。"她边说边端过凳子来。

"杨老师，有你来了，真好！我们的学校一定会办得好！"昌大爷心里感激得很，他想说几句就走，好让雪梅早些休息。

"昌大爷，我不累。我想请你把乡村的情况、群众对办学的意见谈一谈。"雪梅望着坐在桌旁的昌大爷说。

"杨老师，你不怕累，我就讲了。真的说来话长，我们小山沟的人，受尽了没文化的苦，多么渴求文化呀！"昌大爷动了感情说，从见到雪梅到此刻才几个钟头，从几个钟头的接触，从行动与谈吐中，他深深地感觉到雪梅是个多么可爱的姑娘，多么热心的人，多么纯朴的女子。他把她看作坂坑群众的贴心人。

"说吧！昌大爷，山区群众普遍受着没文化的苦。我们共同铲除苦根，改变山区的面貌吧！"

"杨老师，我们这穷山沟只有几十年的历史。解放前二十来年，我们这些人在大乡村无田无地，来这里住山寮开荒，连饭都吃不饱，还有机会读书吗？那真是白日做梦。你看我，我看你，斗大的字也认不出几个呢。有的人，不，所有的人，连名字都不懂得写。我们要写一封信，要看懂一封信，就得跑十里以外的山坂求人呢。那时洋坂是这方圆几十里的大村，是国民党区公所所在地，势头笔头都硬哪。我们没有文化，不但苦，还要吃亏哪。这坂坑山沟是无主的荒地，等到我们把荒山开成园地、水田的时候，洋坂的大财主陈时权带着狗腿子、保安兵来了，他们拿着地契来收租。我们说，地是我们开的，田是我们种的。他说，地是他的，白纸落黑字呢。他逼我们向他交租。我们十几家不识字，白白地遭受坑害。我们辛勤劳动的果实，眼睁睁地被他抢走了。我们不懂字，连写一篇状文都没办法。解放后斗地主时，陈时权才承认那地契是他雇人假造的。"昌大爷说到这里气愤地用右手有力地挥动一下，"地主用一张假契约吸了我们多少血汗啊。"

"昌大爷，这样的事全过去了，现在让我们来建设新社会吧！"雪梅听着心里非常愤怒，但她担心老人家过度悲愤，倒安慰起他来了。

昌大爷看看雪梅，看看煤油灯，继续说："如果解放前我们有文化，我们总可以吵一吵，说一说气话，把事实真相公布给方圆几十里的人们。可是，那时我们没文化，一根笔杆比什么都重，我们被人欺诈，真是哑子吃黄连。以前我们想到这些，只是几个人相对唉声叹气。"

雪梅聚精会神地听着，昌大爷的每一句话都增强了她对旧社会的恨和扎根山区办好教育的决心。

"没有文化是不行的。解放了，没有文化也不行。"昌大爷感叹地说，"还得吃亏。"

"吃什么亏呢？昌大爷。"雪梅惊奇地问。

"说起来话长，又是气人的事。"昌大爷接着说，"解放初，外乡的一个流浪汉搬到我们村来住了。组织互助组，办农业社时，我们看他认得几个字，就让他当生产队会计，谁懂得他把账目记得乱七八糟，把自己多记，把别人少记了。同时，他还凭着懂几个字为人画符，做迷信赚钱。我们坚决免掉他的会计，现在这家伙还有时偷偷地给人家搞迷信，千方百计地不让我们发觉。可是生产队里没有个有文化的人实在不好办。我那个表侄儿，前几年难得到山坂村寄宿亲戚家里读完小学，回来当生产队会计。你以后会知道，他的账目也记得不够好。"说到这里，昌大爷深有感触地说："唉，没文化就是不行，我到县上开会，街头跑到街尾，就是找不到邮电局，因为不懂字！到车站买车票，连票价也看不懂，还要问老半天。我们老一代当了文盲，下一代就千万别那样了。旧社会我们受压迫、受剥削，没有机会学文化，解放了，我们自己要懂得文化啰！如果我们这里大大小小、男男女女都学了文化，大家都有本领，多好哇！"

"对！昌大爷，我们就是要这样做，要普及教育。"雪梅迫不及待地接上去说，"中央文件规定，我们要在第四个五年计划内在全国普及五年义务教育。"

"杨老师，我们广大村民最懂得没文化的苦。在新社会，没有文化，不能科学种田。我亲身体会到文化重要，教育事业是社会主义事业的极其重要组成部分。大队支委会开会叫我负责教育工作，我是踊跃接受的，我们要共同把工作做好。"

"昌大爷，你说得好！"雪梅迫不及待地接上去说，"今天晚上，你给我上了一节生动深刻的教育课。旧社会我们广大农民受没文化的苦太重了，太深了，现在我们一定要把文化掌握下来。"

"杨老师，你的决心很大，你是我们山村农民的贴心人。我们这里山区生活条件差，文化基础几乎没有，办学的困难还很多，我希望你做个思想准备，要有兢兢业业的毅力和百折不挠的精神。过去，有几个老师同志遇到困难，工作半途而废，真可惜呢。"昌大爷凝视着雪梅的脸，语重心长地嘱咐这位年轻人。

"昌大爷，谢谢你的指导，我一定会坚持到底，不获全胜决不罢休。"她望着昌大爷，从他刚毅的表情中得到鼓舞，她望了望煤油灯的火苗，从那艳红的火苗得到力量。

"好！好！你说得好！我们信得过你！"昌大爷情不自禁地拍手叫好。

昌大爷走后，小桃很快睡去了，杨雪梅却没有马上睡下去。她坐在床上，望着热烈燃烧的灯火，想起了许多事情。

昌大爷诉说的山村农民没有文化的苦在她的心里掀起了巨大波澜，一种愤怒激起了她的满腔热情。旧社会，有钱人垄断文化，用文化来欺压我们劳动人民；新中国成立后，由于缺乏文化，广大工农群众在社会主义建设中碰到了许许多多的困难。这些实际困难都曾经损害雪梅的家庭和她的父母那一辈人，这些未曾遗忘的事实激发她用心读完初中的课程。就是在无政府思潮严重泛滥，"读书无用论"猖狂为害的时候，她也没有受到影响。她的父母亲用亲身的经历教育她，使她懂得没有文化知识的痛苦和悲惨遭遇。

　　1943年，安徽农村发生了大灾荒，广大贫苦农民走投无路，有的活活饿死；有的盲目向外逃荒，一路上啼饥嚎寒。她的父母亲杨用时和李贞淑也夹在逃荒的行列之中。雪梅的一个哥哥便在逃荒中饿死。杨李夫妇逃到东南沿海一个城市。那时，小城镇的工厂正在招收工人，他俩就喜出望外地报名当工人。那时厂主跟工人都订有合同，并且还请街上一个专门搞契约的人当中人。三方约定，他们夫妇俩到工厂做工，吃工厂办的伙食，年终领回五十元钱。两夫妻以为有了依靠，颇能用心劳动，可是年终结算时，厂主只给他们五元的余钱。他们大为惊慌，找中人作证，跟厂主讲理。中人装聋作哑，而厂主说照合同办事。杨用时以为有根有据，理直气壮，拿出合同来，说合同上白纸黑字，写得一清二楚，你五金厂老板违反前约。老板却拿过合同来振振有词说："你看，这合同上不是明明白白地说：年终，厂主给工人五元钱，作为新年补贴。"这下，杨用时愕住了，怎么会是五元呢？他请别人看，别人也说是五元，而不是五十元。他向中人质问，中人说当时三方面议，订成书面条文，当然是以书面为准，可能是杨用时当时听错了。杨用时听了这些话，顿时天昏地暗，夫妇两人给厂主做工，勤勤恳恳了一年才拿五元钱回去过年。原来，先前订的合同是一场骗局，厂主和中人嘴巴答应五十元，其实合同上写的字是"五元"。杨用时不认字，就这样受了一场大欺骗。过去，他总认为口说无凭，立据为证，这时，他意识到自己不认字，什么立据、合同都没有用。直到新中国成立前夕，杨用时夫妇都在那个工厂做工，受尽剥削，但是又没有别的生路。新中国成立后，广大工农翻身做了主人，杨用时当了工会主席。他吸取工人阶级没有文化、受压迫的教训，争取学好文化，他得到人民政府的关怀，到职工速成学校读书。毕业后，他有了文化就能更好地开展工会工作，他的工会工作搞得非常出色。就在1957年，当杨家生活好转时，杨雪梅在红旗下出生了，她生在似糖如蜜的幸福之中。不久，她的弟弟也出生了，只比她小两岁。1964年，雪梅虚岁七岁，就进入学校读书，顺利地读到初中毕业。

她想到，在旧社会，她爸爸和昌大爷是受压迫、受剥削的同命运的人。他们目不识丁，受了欺骗，无处诉苦，好像哑子吃黄连。新中国成立后，爸爸学会了文化，她自己有机会读完了初中，可是昌大爷和他的小山村农民，老的没有脱掉文盲的帽子，小的没有很好的读书机会。她觉得不可以让这种现象延续下去，她有义务帮助农民兄弟解除没文化的苦。当她听到这小山村由于没文化，不能很好地开展科学种田时，她心如刀绞，决心办好山村学校普及五年义务教育。

她想，困难是有的，可是那有什么可怕，有山村农民兄弟的支持。刚才昌大爷那一席充满信心的话，老人家那刚毅的表情，那有力的手势都使她感到浑身有力量。

她一点睡意也没有，头脑里浮现出各种各样的情景。明天一早就去整理校舍，要借一把扫帚，一把锄头；校舍整理好了，就要挨家挨户招生。她还想到困难户的困难该怎么克服，女孩子要招到学校来，如何对她们的母亲做思想工作。她看着煤油灯，又想到明年、后年这里大概能建个小水电，这里的青年要学会管理机房。她想得很多很多，似乎很多事情都该动手做，巴不得天早些亮，一天亮就可以动手了。

她写了一封信给爸爸，告诉他老人家，今年她到了更艰苦的地方。她觉得这是她在父母面前可以夸耀的一件事，这样的消息会使他俩高兴。她很快就写好了，封好，打算明天一早托人带下山去寄邮。

夜已深了，她神采奕奕，心里的暖流在滚动着。房外的田野上蝈蝈儿在一阵一阵地欢叫着，给她的心带来一阵一阵的激动。她推开了木板窗户。夜空晴朗，一轮圆月当空放射着银光，天色是那么洁净，天空像平静的大海一般广阔无垠。此刻，她的心何等舒畅，她倚身窗户，凝视着夜空，狂吸着新鲜空气。

众人拾柴火焰高

  昌大爷走出了自己的房屋，到隔几座房的生产队队部开会。他到场时，记工员已记好了当天的工分。这个村只有二十户人家、三十个劳力，每天晚上，这些劳力都集中在一起开会讨论生产。有时，昌大爷还主持政治学习。

  今天晚上，昌大爷一进场，许多人都把目光投向他。

  "昌大爷，学校的老师来了？"一青年小伙问。

  "是的，来了。"

  "今年，老师来得还早，不那么拖拖拉拉的。"

  "今年该好好地办一所学校了。"昌大爷很自信地说。

  "是女的，就怕又会打退堂鼓。"

  大家七嘴八舌地议论起来了。

  "昌大爷，你看老师是怎么个人呀！"

  "嘿！今年与以往可不一样啦！"昌大爷故作神秘，说完装了一盏烟抽起来。

  "今年怎么样啦？也是一个女的呀！"记工员陈小丁说。

  "女的有什么不好？"昌大爷的儿子林小龙说。

"大家别嚷嚷了。"昌大爷长长地吸了一口烟说，"这位女老师姓杨，很好！人家是看到没人敢来坂坑，她主动要求来的，与众不同吧！"说到这里，昌大爷有些眉开眼笑了。

"那太好了！"不知谁说了一句，大家热烈鼓起掌来。

"还有，干劲可大哩，前会儿一定要我带她去看校舍。明天，她要亲自动手整理环境。"

"有没有说校舍不好？"有人担心地问。

"没有。人家坚决办好学校，不搞出成绩决不罢休。学文化、办学校是大家的事，造福我们的子孙，我们自己可得自觉出力支持老师工作。可不要拉后腿，把老师赶跑啦！"昌大爷环顾了大家一下说。

"谁也不许破坏学校！"李龙胜说。

"只要我们大家同心协力，再加上好老师，一定会办好。"陈公山站起来挥手说。

"我们坂坑就是志气，要办好学校。谁肯永远当文盲？"老农民唐德财说。

"没有文化以后休想装电灯、开拖拉机！"陈小丁说，"我只念到初小毕业就是不够用。"

"没有学校就是苦，连读小学也要出乡啊！"

"办学校也得要有盖房屋、置家产那样的劲头才行。"角落里的一个人说。

"房屋、家产只关一家一户的事，而办学校是全村的大事，是关系到子子孙孙的大事。"唐德财说。

"上级说过，办学校是社会主义大政，是培养革命事业接班人的事。"昌大爷说。

"这一次就得办好！再办垮就完了！"

"老师好，我们出什么力都行！"

"大家不用嚷了！"昌大爷站起来挥手说，"明天，总不能老师去整理环境，我们满不在乎！"

"不用，老师不用动手，她只要能教小孩就行了。"陈幼俤说。

"明天，我们抽出一半劳力搞一项事。"昌大爷说，"就是把将军庙前面那扇倒塌的墙筑起来。还有，把庙里的木板搬走，把房间打扫出来，把灶砌起来。"

昌大爷一讲，不论老人、青年都争着要参加建校劳动，大伙想到办学的大好处都乐滋滋的，觉得义不容辞。

"明天的劳动要不要记分呀？"陈小丁问。

"义务劳动，不要记分！"唐德财提议说。

"不要记分，反正办学校是大家的事，大家都有一份义务。"另一个说。

"唉，吉命叔，你怎么今晚没有声音了？"陈幼俤开玩笑地说，"你不参加义务劳动了？"

"我不参加了。"坐在角落里的林吉命抽着烟说，"我单身汉，又没有孩子读书。"

"真自私，没有孩子读书，你就不干。你不是常说，修了功德，造福来世。现在怎么连一天有利别人的事都不干了？"陈公山问。

"你如果没有孩子读书，干不干？"林吉命愤愤地回答。

"我就是干！"陈公山用坚定的语气回答，"谁像你那样！"

"说得好听，什么修了功德，造福来世！"

"他这话都是哄小孩和妇女的。"

"单身汉还有什么来世，杀鸡取蛋，过一天算一天。"林吉命埋着头说。

"你不干就不干吧！有你不多，没你不少。我们广大群众，人多力量大，办学热情高。"昌大爷又对大家说，"明天大家都来好了，早一点出工，就是要办起一个好学校来给你看看。"

"好！明天大家都来！"陈公山站起来说。

大家都满怀信心地回家去，准备明天的活计。

林吉命，心里却跟大家不一样，他用力地咬着烟嘴，抽着烟，低着头，想着什么。他对会上别人对他的批评很恼火，他希望这学校办不成或办得不像个样。

第二天一早，坂坑村的大多数农民群众早早就赶到将军庙。昌大爷和他的儿子林小龙吃过饭，扛着锄头，挑着土箕来了。杨雪梅不顾昌大爷的劝阻，打着赤脚，扛着锄头，也来了。

农民群众看见杨雪梅来了，大家都受到很大的鼓舞。

"啊！杨老师来了！"群众热烈地欢呼起来。

"杨老师，你休息吧！"

"杨老师，让我们来整理校舍，你明天教书就好了。"

群众你一言我一语地向杨雪梅问长问短。

"同志们，我是来办学的，不是来休息的。"雪梅微笑着回答他们。

"教好孩子就行了。"唐德财老人说。

"不，要教好孩子们，我先得向你们学习！"

"同志们，我们动手吧！"昌大爷说着开始安排分工了，有的人搬木料，有的人挑土，有的人筑墙，有的人整理房间。

昌大爷让雪梅打扫房间，她嫌工作太轻松，捡起一担土箕，赶着挑土去了。

今天村民兄弟劳动得特别带劲，因为他们都认识到办好学校是每个人应尽的义务，并且雪梅参加劳动，那样赤着脚，挑着担，干得那么像样，也给大家一种鼓舞。

挑土的人来来往往穿梭如织，用力挑得满头大汗。陈小丁搬完几捆柴草，赶快挤过来，要抢雪梅肩上的担子。

"杨老师，你歇歇，我来！"

"不，小丁同志，我行！"雪梅脸蛋被汗水浸得红润润的，一说就避开了。

小丁抢不到担子挑，他就继续搬柴草。

筑墙的人站在墙头上，手拿小木夯用力夯着，脸迎着太阳，口里哼着曲子。昌大爷站在墙头，一边打夯，一边调度工作。

"小丁，你搬好了柴草就也来筑墙。"昌大爷说。

小丁放下柴草，一跃就到了墙头，拿起木夯使劲地夯下去。李龙胜在边房砌灶。他和陈公山两个人，自己挑土，搬石头。陈公山本来人老了，怕弄水沾湿手脚，但今天想到建设校舍，造福子孙，一点儿也不顾忌风湿痛。他们不停不歇地劳动着，连烟也不抽。陈公山看着雪梅挑着泥土，一担又一担，心里很钦佩。他看见过好几个老师到这里来，没有一个像杨老师这般肯干，这般有姿势，他轻轻地对李龙胜说："这个杨老师完完全全是劳动人民的样儿。"

一会儿，一群小孩子也来了，他们叽叽喳喳地热闹着。昌大爷叫他们到天井里拔草，他们就专心地干活。看见杨老师挑土，他们就用好奇的眼光注视她。

昌大娘提着茶水，跨着矫健的步伐来了。

"杨老师，同志们，喝口茶吧！"昌大娘喊着。

"我们不渴。"

"你老人家来做什么的？"唐德财站在墙头说。这时墙增高好多了，他们的身姿显得很威武。

"我啊？你们建设学校，我不能出力，送口茶水。"昌大娘笑着说，"以后孙子要读书啊！"

"你的孙子还没有出世呀！"一个挑土的青年说。

"那你们的孩子读书，不也跟我亲生孙子读书一样！怎么那样计较？人家老师从外地跋山涉水到这里，不是教自己的弟妹，而是教我们的孩子。"昌大娘回答说。

"是的，说得对！"

"今天，就林吉命没来！"陈幼俤说。

"他那人，自私到极点，昨晚不是说他没有孩子，办学校没份吗？"

"要狠狠批评他一下，这人就是讲鬼话。"

"杨老师，喝口茶吧！"昌大娘端着茶送到雪梅面前来。

雪梅放下肩头上的担子，接过茶喝起来。由于劳动出汗口渴，那茶水喝起来像糖水一样甜。她大口大口地喝起来，用斗笠扇着风，用毛巾揩揩汗，看着四周热闹的情景，心里有说不出的高兴。她感到这里的群众办好学校的热情实在高涨，这场上男女老幼每个人都有事情做，都争着事情做。将军庙里人来人往，像个走马灯一样。不到半天，墙筑到门楣高了，再加一些就到顶了。厅堂里的柴草搬走了，厅边的房间都整理得干干净净了，边屋里的土灶将要砌好了。雪梅看到这一切，心里热乎乎的。群众的力量真大，一转眼就把将军庙的面貌改变了。如果单靠她自己，一天还整理不好这环境，墙当然是筑不起来的。她越想越有把握，有这些齐心合力的群众，哪里办不好学校？山都可以搬走，海都可以填平，怎么会办不好学校？想到这些，她把茶杯递给昌大娘，转身又挑起担子。

"老师，让我们抬吧！"四个小孩正动手抬雪梅挑的一担土。

"不，小朋友，让我挑！你们拔草去！"雪梅笑着说。

"老师，你看天井不是没有草了吗？"其中一个孩子诚恳地说。

"杨老师，让他们试试吧！"昌大爷在墙头上说。

杨雪梅听到昌大爷的话，就让四个小孩把两土箕泥土抬走。她望着小孩子们，脸上涌起慈祥的笑容。

太阳在中天高照，照得大地暖烘烘的。将军庙里的人们喜气洋洋地忙碌着。经过一番整理，这山村荒庙焕然一新了。围墙筑好了，大门敞开着，天井、厅堂被打扫得干干净净的。家长们都把桌椅搬来，摆在大厅上。

"今天晚上，将军好住了！"一个年轻小伙开玩笑说。

"这里再也不是将军庙了，我们把它变成培育人才的学校。"昌大爷拍拍身上的灰尘说。

"我们要培养出建设社会主义的英雄，保卫祖国的将军。"雪梅说。

"说来，杨老师也是个女将军吧！"陈幼俤开玩笑说。

"妇女当然也可当将军！时代不同了，男女都一样，男同志能够办得到的，女同志也能办得到。不过，今天我是来向你们学习。"杨雪梅说。

"我说，杨老师呀，你是我们的老师，你大胆地教我们学文化，摘掉我们这个文盲的帽吧！"李龙胜说，"至于种田劳动，我们可以教你。"

"但愿我们这里培养出去的都是对社会主义事业有用的人才，成为各条战线上的将军，成为实现四个现代化的英雄。"杨雪梅站在大门前，瞩目远方对农民群众说。

"好！说得好！"大家齐声地应和。

环境整理好了！杨雪梅做了一块木牌，写上"坂坑小学"几个字，把它挂在门前，她还跟大家在校门前的平地上种下一排花苗，花苗在和风暖日中茁壮地成长着，一天天长高，越长越青翠。

旭日初升花苗壮

　　校舍环境整理好了，雪梅就在昌大爷的引导和配合下开始招生工作。坂坑村的广大社员群众办学热情很高涨，有的人一听到消息就主动地把子女送来报名。他们看见雪梅登门劝学，心里很感动。有个九十岁的老大爷，望着雪梅的背影，赞赏地说："我活了这么大年纪，见过外面大乡村的学校，也见过前几年我们这里办的学校，见过许许多多的教书老师，只有这个女老师，这样热心，这样耐心，谁都比不上她。"招生的难点是一些困难户，他们家庭人口多、劳力少，没有办法把所有学龄儿童都送学校读书。雪梅就在他们家坐下来，跟他们谈家常，安排家计，共同解决困难。有时，个别群众的困难还找不到方法解决，但家长被感动了，把困难扔在一边，说："困难不用提它了，你这样关心我的孩子，为了他有文化，有多大的困难我都该让孩子上学。明天，我送孩子去学校！"雪梅听了心里一阵高兴，她说："搞好教育，使孩子们有文化是我们教师的职责。我们应当把每一个少年儿童都培养成有文化的人。"过去，有的家长担心孩子上学跟同学吵架打架，不让子女上学。这时，他们说："有杨老师这么认真负责的老师，我们放心了。"招生的另一个难点是女孩子入学率较低，原因是群众中还存在若干重男轻女的封建思想。雪梅跟昌大爷挨家挨户做动员工作，使得家长们认识到了女孩子读书的必要性，乡亲们陆续把女孩送到学校来。

今天，正式上课了。

杨雪梅搬到将军庙里来住了。学校校舍离村远一些，自成一个院落，环境冷清，尤其夜间太静寂了。群众都说将军庙不宜住人，他们劝告雪梅要住在村里；昌大爷一家要留雪梅在他们家里住，阻止老师搬进将军庙。可是，雪梅没有听从他们的劝告，搬进了将军庙，昌大爷只好让小桃晚上到学校跟杨老师做伴。雪梅考虑到，住在村里到学校上课，来往很费时间，没有办法很好地利用课余时间给学生补课、辅导；而且她住校舍还有利于看管校产，举办晚班。她还认为，一个人居住，煮、吃、病、痛虽然有困难，但那是很次要的事情。如果一个人太多考虑生活上的点滴困难，那是什么事也做不好的。所以，群众特别是那些妇女，给她提出住在校舍的种种不便时，她都不放在心上。

早上八九点钟，晴天的朝阳把学校的大厅照得亮堂堂的。校门前的一排花树苗，长得很茂盛葳蕤。厅上整齐地摆设着旧的或半旧的桌椅。厅左边房是教师的厨房、宿舍兼办公室。

一早，很多小孩子就来了。他们心里都特别高兴，在金色的阳光下嬉戏。从今天起，他们可以在学校读书，学习科学知识。他们很想知道为什么鱼生活在水中不怕冷，老蛇没有脚为什么会爬路，飞机怎么会在天上飞，而广播喇叭怎么会讲话。对于自然界的万千现象，他们会提出万千问题，他们都想弄个明白。

学校的一切，他们都感到新鲜、有趣。他们特别喜欢老师杨雪梅，觉得她很亲切，跟妈妈一样慈祥，跟姐姐一样可爱，像冬天的太阳一样温暖，像秋夜的月亮一样美丽。

昌大爷很早就来了。今天，他穿着崭新的衣服，像过节一样打扮。他的眉梢、他的嘴角都隐隐地含着笑，他的心里有如酷暑的天气里一块冰激凌在慢慢融化。这些年来，坂坑村在他的倡导下办学校，只因地理条件差，山高水冷，交通不便，物资缺乏，一些老师请来了，结果留不住人，学校办办停停，孩子们学不到知识。他把这些现象看在眼里，急在心里。每次新老师来，他都短短长长劝慰大半天，结果老师还是信心不足。他有时怪自己不识字，要不然自己教起书来多好。杨雪梅的到来，给这个老农民老党员一个大宽心。雪梅没有嫌弃这里条件差，遇到困难她都能够应付自如，几天来的工作，干得有条不紊，毫无怨言。他看在眼里，乐在心里。他想，这下我们坂坑遇上好人了，坂坑学校该办成了吧！想到这些，他凝望着阳光，咯咯地笑出声来。他俯身下去抚摸着刚栽种的花树苗，心里盼望它们计日程功地成长起来，在没有上课之前，他想给花树苗浇浇水。

杨雪梅，准备好了一切，打算今天上午开个会，然后把课本发给学生。她在大厅上把每副桌椅都排端正，并且用湿布把桌椅揩过，在大厅的屏风上，贴上昨天晚上用红纸剪下的"好好学习，天天向上"几个字。昨天晚上，她心里很激动，招生工作的顺利进展，更加强了她教好第一课的信心。她一直考虑着许许多多的问题，从开学上台对学生讲的第一句话到最后一句结束语，她都想清楚了，简直每一句话她都会背得出来。直到鸡叫头遍时，她才合眼睡去。今天天一亮，她就起床烧饭，担心迟了来不及上课。字贴好了，她站在厅上细心地打量着每个字是否贴得端正，然后走出大门，看看孩子们和昌大爷。孩子们在无忧无虑地嬉戏。昌大爷是那么伶俐快活的老头，一本正经地忙着。她不禁联想到俄罗斯民间故事中的好老人形象。有人看见老人家年高老迈还种果树，劝他不要种了，反正吃不到果子。老人家说得心安理得："我为子孙们种的。我吃不到，子孙吃得到就好了。"她想，昌大爷这么热心办学，不计报酬，不讲待遇，在招生方面花了不少时间，今天一早他就来了，此刻他忙着给花树浇水，像孩子们一样兴趣盎然。你说，他的心里还有私人打算吗？他的儿子二十几岁了，媳妇刚娶来，孙子还没有出生，他为谁忙呢？想到这些，她对昌大爷愈加敬佩，她不想打搅他，让他如意地随心地忙着。

杨雪梅站在大门前的台阶上，向东望着朝阳徐徐上升，望着万顷蓝天，吸着早晨带着露水气息的新鲜空气，心胸无限开朗。朝阳的光映红了她的脸膛，阳光照在枣红色的衣衫上，那衣衫辐射出道道红光。孩子们望着杨雪梅，似乎在朝阳之下，她的身躯比以往高大，那脸庞和蔼慈祥之中比平时增加了若干严肃。有个女孩子天真地跑上前去拉她的衣角，淘气地问："杨老师，这衣服真红！"雪梅望了望女孩稚气的脸，微笑着拉起女孩的手，抚摸她的头，没有回答什么。

当雪梅抚摸着那个叫作珍珍的女孩子的头发时，好几个小孩子都围上来了，有的拉着她的手，有的拉着她的衣襟，偎依在她的身旁。

"老师，我没有个很好的书包呢。"男孩子小勇说。

"我等下跟你妈妈说一说，叫她做个给你。"

"我妈说已经有了布，但这几天忙得没有空呢。"

"那中午我抽空给你缝。"雪梅说，"好吗？"

"那太好了，老师！"小勇喜出望外地说。

一个老婆婆带着一个小孩子来了。

"老伯母，你送孙子来啦。"雪梅迎上去招呼。

"你看，这小家伙多顽皮，就怕老师被他弄得没办法。"老婆婆说。

"没关系，来学校他会变得守纪律的，你别担心。名叫什么？"

"我叫陈小敢。"

"好，小敢，你来读书，学校很多东西学。读好书，长大了有本领，可以当解放军。"雪梅俯下身去说。

"好！好！我读书。我奶奶就是不懂得读书有啥用。"那孩子模仿大人的语气说。

一个中年妇女带着一个女孩子，手里抱着一个婴儿来了。

"杨老师，我今天要上山砍柴火，淑敏要照看她小弟，请假半天行吗？"

"阿嫂，淑敏可以带着弟弟上课，不用请假。如果小弟哭了，我可以哄哄这小弟。"雪梅把小孩子抱过来说。

"好，好，那再好不过了。麻烦你看顾小孩怎么行呢？"

"没有什么！为了方便我们村民子女入学，我们学校提供三允许，就是允许迟到，允许早退，允许带弟妹。家长应当尽量减轻子女的家务劳动，让他们多一点时间来校学习。"

"好，老师你想得真周到。淑敏，你把小弟弟抱过去吧！"

"阿嫂，有什么事你尽管去做，小弟放在学校，你尽管放心吧！"

那中年妇女把小孩从雪梅手上接过去，过给淑敏就走了。

孩子们陆陆续续地来到学校。有的孩子还要让老婆婆、老公公邀着来。雪梅把家长一一接待下来,她里里外外地忙着。

上课的时间到了,雪梅站在门口摇着铃,孩子们欢欢喜喜地鱼贯进入大门。昌大爷停止了给花树苗浇水的工作,他把两个巴掌拱成小喇叭,用洪亮的声音向乡村里喊着:"上课了,孩子们。上课了,孩子们。"

开始上课了。孩子们坐在课堂上,雪梅把他们的座位安排得整整齐齐,他们一个个聚精会神地听老师讲课。

那些老婆婆、老公公在天井里晒着太阳,舒展四肢,注视着孩子们在课堂里听课。

"同学们,现在我们先来开个会,请老爷爷给我们讲话。"雪梅说着,请昌大爷上台,自己也坐到学生的位子上去细听。

昌大爷感到很幸福,也很激动,他激动得脸色涨红。他不是胆小害怕,而是一种过度兴奋造成的。

"孩子们,我们开学了。你们走进了知识宝库的大门。今天,我给你们讲话,我感到十分荣幸。看看现在,想想过去,我真羡慕你们。我小时是在洋坂长大的,那时我和我爸爸就靠砍柴度日,根本就休想读书。但我是个很渴望读书的孩子。有一次,我砍柴路过洋坂学校门前,我把柴担放在门外,偷偷跑进去听课。现在政府要普及五年义务教育,你们男男女女都可以来读书。跟旧社会比一比,现在不是天堂了吗?"昌大爷说到这里高高地举起了拳头。

学生都入神地听昌大爷讲话,他们明白了,原来旧社会劳苦人民上学比登天还难,越听越觉得今天读书的幸福。

接着,昌大爷还讲了旧社会学校体罚学生的一套手段,学生们更感到今天老师的慈祥可亲,学校读书的温暖与幸福。

这一会儿，昌大爷讲话结束，休息十分钟。学生们叽叽喳喳地散开了。他们四处蹦蹦跳跳，有的踢毽，有的打皮球，好像喜鹊在桃花枝头快乐地欢叫。

这时，参观的群众越来越多了。因为今天是这个地方第一次像样地办学，又是开学的第一天，所以广大群众都满怀喜悦的心情来看看。老大娘、老大爷尤其多，他们有的赞叹学校环境卫生，有的表扬老师能干，有的回忆过去没文化的辛酸，有的展望有文化的幸福。

上课了，杨雪梅讲得很慢，她一句一顿地讲。她多么想把这每一句话都灌进学生的心田里，让正确的思想在儿童的心田生根，长叶，茂盛繁荣。学生们都很专心，似乎杨老师的话特别悦耳动听，一字一句都听进去，记下来。

接着，杨雪梅把二十多个小孩子带到校门前的平地上，教他们做操体。那些老大娘、老大爷也好奇地跟在旁边看个够。

杨雪梅耐心地手把手教，孩子们专心致志地学，每一个动作都很快地掌握下来。广播体操第一节的动作，孩子们都学会了。杨雪梅心里很愉快，她表扬孩子们认真、专心。她在台阶上喊着口令，孩子们做着整齐的动作，孩子们的小脸被阳光映得白里透红，好像一朵朵艳丽的小花在暖日和风之下初初绽放。老人们看着，笑眯眯的，站在旁边不住地称赞。杨雪梅心里很舒畅，她想，这园地里的花朵将越长越好，今天花朵初放，明天将群芳竞放，春色满园。

和煦的阳光照耀着，温暖的春风吹拂着，大地生机勃发，园圃欣欣向荣。

不畏艰苦　知难而进

　　雪梅来坂坑前，写了三封信寄出去，一封寄给老师黄思成，一封寄给她的父母亲，一封寄给她的未婚夫梁平。

　　她是乐观地把情况告诉他们的，他们的反应却各不相同。

　　她父亲在信中说："你到艰苦地方去，做得对！你真是我俩的好孩子。既然那地方是大山区，是千米高山，困难是会有的，你应当有克服困难的充分准备。有什么困难，依靠你自己努力，依靠领导和农民群众的帮助，肯定是能够解决的。"雪梅一口气读完了父亲的来信，得到了有力的指导和鞭策。她来坂坑之前，抱着巨大的决心，但是还没有实际接触到坂坑的工作，所以决心还是很抽象的，对于工作的成败把握还不很大。到了坂坑，见了盛昌大爷，广泛接触了坂坑的农民群众，她从他们那里得到了很大的鼓舞，好像找到了靠山，感到一切都是那么实在。

　　她的初中老师黄思成在回信中鼓励她好好工作，业务上有什么困难，他都愿意帮助，并说他将定期给她寄来教学参考资料。

　　杨雪梅怀着迫不及待的心情，拆开她的男朋友梁平的信。原来他俩已决定在不久的将来成立一个小家庭。三年前，

　　杨雪梅在洋坂插队，刚好东南大学的毕业生也在那里插队，他们两个人就在朝夕相见之中熟识起来了。梁平是本省F市人，生长在一个知识分子家庭，自小受到很好的家庭教育，学业进步很快，一贯学习成绩优良。但是，他从小很少劳动，劳作技能很差。在插队劳动期间，他很虚心向群众学习，由于劳动基础差，他的劳动成绩是不够出色的。他们两个人在一起时，雪梅经常关照梁平的生活，关心他的疲劳和病痛。梁平为人比较和气、善良，经常和同志们一起玩耍聚谈。他的文化水平、理论水平都比较高。雪梅在自学过程中，遇到问题都向梁平请教，梁平都细心地周详地给予回答。随着时间的推移，他们之间的友谊日臻浓厚。两个人便觉得比一般同志亲密了许多，一种特殊的情感在他们之间形成。雪梅爱梁平有学问、肯用功，对人友善，政治方面有上进心。至于梁平这个人不善料理生活，物质享受多一些，她都认为可以改变过来，并以为这是小节。梁平对雪梅给他的关心很感激，并且很钦佩雪梅思想觉悟高，能够吃苦耐劳，敢挑重担，同时，他很欣赏雪梅那苗条的身段、清秀的仪表和健康的体魄。尽管他们两个人看待人生的角度有所不同，但他们都努力跟上时代潮流，争做进步的青年。他们在洋坂相处的一段时间确实是共同学习、互相促进的黄金时段，他俩的感情与日俱增，订立了婚姻。后来，大学毕业分配工作了，梁平被派往N市的工厂里当技术员，他俩之间保持书信往来和互相帮助。梁平经常指导雪梅自学，指导她搞好民办教师工作。雪梅经常写信向梁平询问冷暖寒温，关心他的身体健康和起居饮食。两个人异地同心，准备共建一个温暖的家庭。

　　梁平收到信后，对雪梅到坂坑任教感到不理解和担忧，立即寄来了回信。信中说：

　　听到你去坂坑的消息，我很惊讶。你就在洋坂好了吧！何必去坂坑？人家不去的地方，说明那地方太艰苦，你何必一定要去那里呢？我担心你不能胜任那里的工作，且要吃太多的苦。雪梅，你知道，我俩是知交了，你是我的女朋友，我总得为你想得周到一些吧！不像一般人对待你那样，只从正面指导你，不去考虑你的具体困难与切身利益。我在接到你的信件后，考虑了好几夜，到底怎么答复你，怎样做才最合你的利益，你的利益就是我的利益呀！明月当空，我在小广场上徘徊，脑里反复一个问题：你该不该去坂坑。更深夜静，我仍然没有入睡，躺在床上，看着床前洒满碎银的月光，考虑着还是那么一个问题。你到那里，一个人不能胜任那里的工作怎么办？爬山越岭，天寒地冻，你弄坏了身体怎么办？你怎么办？我怎么办？我说你还是不去坂坑好，去了还可以再推辞吧！

　　假如那边的领导非要你去不可，不让你在山坂教书，你也可以去较好的地方。不干也可以，反正经济上不很困难，我可以支持你。现在，你可以在家等着，过一些时间，我跟这边领导联系清楚了，你可以来我这边工作。我们可以一起工作，一起生活，多么惬意呀！

　　山坂还好些，坂坑太艰苦，你不要去，我尽量设法让你来这边。这边多好呢，有食堂，吃饭很方便。下班后，我们可以一起到街上去闲逛，到公园里去散步。我希望你能够来，坂坑山路崎岖，我连去看你都不方便。坐车到山坂，山坂到坂坑一直爬岭，那条路，我没走过，听人说"蜀道之难，难于上青天"呢。

　　我看你会当不了英雄，却被困难赶下山来，那才不好意思呢。

　　你别误会，以为我思想落后，其实，我们在条件较好的地方工作出成绩来不也是先进吗？先进工作者未必去条件特别差的地方。再说，我们都是献身社会的，考虑一些个人需要也是应当的，也是为了更好地建设社会主义。

　　最后，你还是不要去那地方吧！

　　请你考虑我的意见吧！我是好心的。

梁平上

　　雪梅读着信，心里忐忑不安，脸色变得一阵红，一阵白的。这时，她明白，梁平是不支持她的行动，不但不支持，反而拉她的后腿。梁平是她的男朋友，是她至亲的人，但是她不能接受他的看法，不会动摇自己的决心。她很不满梁平，但是她不会恨他，她知道他是爱她的。

　　于是她马上写了一封信，说明自己的想法，希望得到梁平的理解。

梁平如晤：

　　你的来信收到了，谢谢你。来到坂坑村，在老农民林盛昌大爷和广大村民群众支持下，我顺利地把学校办起来了，有二十个学生，这里的广大群众和林盛昌大爷非常关心学校，连我个人的生活都照顾得无微不至。为了办好青年扫盲晚班，我搬到校舍里住了。反正，我在这里生活得很如意，工作开展得很顺利。多么想你有空时会来这里看看，跟我在这里度过欢乐的日子。这几天，我很忙，天一亮就起床煮饭,上午上课,中午到乡村里进行家访,详细了解学生和他的家庭的情况,下午上课,晚上教青年晚班兼备课,忙得不可开交。如果你在这边多好,你肯定会帮我做许多事情,使我的工作做得更好。想到在洋坂的时候,你经常帮助我自学,你还为我想很多办法搞好教学。

你很关心我,爱护我,我很感激你,但是,这封来信,你很使我失望,你没有支持我的行动。你爱护我,但你的角度有些偏差,我希望你渐渐明白过来,理解我的思想和行为,并且积极支持、帮助我,让我俩在不同的地方、不同的战线,为社会作出贡献。

你在来信中为我考虑,你考虑到我的工作困难,考虑到艰苦的工作条件对健康不利,考虑到交通不便,你不容易来看我;但是你为什么没有考虑一下,山村农民没有文化的困难,他们世世代代受着没文化的痛苦?你想来想去,为什么一直在我们个人利益的圈子上打转呢?为什么不为他们想一想,甚至一句也没有提到呢?

如果大家都为个人利益着想,大家都不献身自己的事业,那么今天还是以前那么落后,那么你工作的那个工厂大概也没有可能办起来,洋坂、山坂也不可能通车。你关心我,我知道你是出于好心,但是,为什么看不到我的工作对山区教育的意义呢?

世界上没有不克服困难而能完成的伟大事业,明知征途有艰险,越是艰险越向前。苏联的英雄古丽亚从小锻炼成长,越过四个高度,我也应当接受千米高山的考验。梁平,你在洋坂劳动锻炼,很吃苦耐劳。冬天,你不是脚冻裂了,流血了,还照样参加集体劳动?我看你自己就很能战胜困难。可是，为什么你那么担心我遇到困难，损害健康？我看，你对我是采取溺爱的态度，溺爱一个人是把一个人培养成温室的花朵，没有任何生命力。你不用担心，我会很好地战胜困难，做出成绩来，但愿你会来这里看看吧！

你说，你会从经济上支持，叫我不参加工作。那怎么行呢？那简直把我手脚绑住，然后让我休息，那样的休息是消磨生命。我们工作并不是为了赚钱，而是为社会作出贡献，完成我们的历史使命。我们这里的盛昌大爷根本不计报酬地参加办学活动，人家的思想境界是大公无私的，我们怎么能为了生活供给才参加工作呢？倘若你拿着许多钱和东西给我，让我挥霍，却不让我参加工作，那么我就像自由的小鸟被关入樊笼而活活气死，即使没有死，看到性命的烛柱燃烧，对人民、对祖国没有任何贡献，心也会苦碎了。

梁平，你前一封信中说，你在试验改进一种车床，你想用新的方法提高工作效率，那很好！我祝你成功！人人都应当为社会作出贡献，但愿我们的贡献会大一些，多一些。

最后，我坚持在坂坑办学。你放心，我不会被困难赶下山去，我应当像一粒种子，在这千米高山发芽、扎根、长叶、开花、结果，让教育之花开遍崇山峻岭，让教育结出丰硕成果。夜已更深，但愿我俩的感情深厚无比，永不背弃。

雪梅上

七

白纸绘蓝图

星期六下午，昌大爷没有去生产队劳动，他特意停工来学校跟杨雪梅老师一起参加学习。他受党支部委托，要办好坂坑小学。他看到杨雪梅开学初一周的工作，心里非常满意，宁愿少到生产队劳动，无报偿地参加办学活动。

杨雪梅很虚心地向昌大爷学习，遇事找他商量，向他请教，并且经常到乡村里去家访，走群众路线，事事取得群众的支持。

他们两个人在雪梅那个宿舍兼办公室的房间学习起来了。

房间的陈设很简单，一床简易的被窝，没有挂上蚊帐，离床铺不远的窗下，放着用神桌改装过来的办公桌。桌上放着课本、教学参考资料、政治学习资料和学生的作业本。房间的后壁贴着一张"忠诚党的教育事业"的横幅。

昌大爷抽着旱烟，一边饶有兴趣地坐在桌边翻阅学生的写字本和算术簿，雪梅站在他身边向他介绍情况。

"这是小红的作业，写得很好！笔画端正！"昌大爷说。

"那是小敢的，头两天写得不够好，因为他很不留心。这两天，我特意跑到他身边看着他写，有时间把着他的手写，你看，这两天进步了，跟小红的差不多！"雪梅津津乐道地介绍，

"你看，珍珍的算术题做得最好，一题都没错。她上课专心听讲，下课也很活泼！"

"小敢哪，以前的老师被他弄得头痛得要命！"昌大爷说。

"他爱玩，上课不专心，但是爱劳动是他的优点。我经常引导他，要他既爱学习，也爱劳动。要一分为二地看待孩子，要因材施教，分别对待，不同孩子有不同的特点，要善于引导。"

"你这样就好了。以往，个别老师来，对这些成绩差的就是骂，恨铁不成钢，他却不懂得炼钢的方法！"昌大爷说。

"有时，我们老师不够耐心呢。"

"唉，教改的问题，主要是教员的问题，教育事业的兴旺跟老师很有关系。有的老师就是没有办法把工作做好，没有经常学习业务，教学不认真，得过且过，做一天和尚撞一天钟，有的连钟也不撞，和尚也不当了，从我们这个深山古寺跑走了。"昌大爷说完哈哈大笑起来，"小杨，今年我们的群众都很高兴，一开春学校就办起来了，而且办得轰轰烈烈，有声有色。这是你的努力结果。我们都很感谢你。"

"大爷，这是广大群众跟我们一起努力的结果。"雪梅顿了一下又说，"我们全村二十五户人家，学龄儿童二十名，现在学生到达二十五人。其中有几个是超龄儿童，学龄儿童还有一二个没有入学。"雪梅很熟悉地把这些数字背出来。

"赛容还没有入学呢！"

"我去她家里好几次了，赛容妈重男轻女思想很严重，要再对她做思想工作。"雪梅说。

"赛容妈的工作我们一起做，这个妇女头脑旧一些。还有离这里六里路的溪山小山寨有户人家，有一个孩子七八岁，看来没办法，只好叫家长把孩子寄到我们坂坑的人家家里了。尽量使这个孩子有机会读书。"

"大爷，还好你提一下，险些把他漏掉了。"雪梅说，"我来这里好几天，但总是没有把情况弄透彻。没有你们的帮助，我真不行。"

"单楼独户，真不好办，他们要读书有困难，我们要普及教育更有困难。"

"为了使每个农民的子女都有机会读书，我愿意克服一切困难。明天是星期天，我去那边家访一下，如果这边有他的亲戚，就劝他寄宿在亲戚家里，没有亲戚再想办法，反正要使他入学。只要农民子女学得到文化，我多做些工作是应当的。"

"好吧！就凭你的意思去做，我坚决支持你！"昌大爷用手拍着大腿。

"还有，大爷，我想了一些事情，我们应当制订一个坂坑村发展教育的十年规划呢。"

"我倒要求你能在这里多教几年。不然人员换来换去，就不容易实现什么规划啰。"

"那行，大爷，只要这里的农民欢迎我、需要我，我愿意扎根山区，把毕生精力献给山区的教育事业。"

"那太好了！"昌大爷笑起来，两眼放射出愉快的光芒。

"前几天，我的男朋友从工厂来信，要我去他那边做事，怕我在这里弄坏身体，我回信告诉他，我受到村民的关怀，一切都好。"

"你真的太关心我们村的教育事业了。如果你爱人来到这里，我们也会劝劝他呢。他关心你，你告诉他，我们也一定会关心你、帮助你，使你在生活上工作上减少一些困难。"

"他大学毕业不久，他的思想会通的，大爷不用顾虑。"

"如果我们这里有大学生多好呀。"大爷羡慕地说。

"难道我们坂坑就出不了大学生？会的，我们应当先有个普及小学五年教育的规划，在十年之内彻底改变文化落后的面貌，把文盲村变成文化村。然后，在普及的基础上提高，就会出现大学生呢。"

"你说十年规划怎么订才好呢？"

"我们先谈个轮廓吧！"雪梅说，"我们除开办全日制的小学，还要办扫盲晚班和别的多种形式的班级，争取五年以后初步实现普及五年教育。成年人可以进扫盲班，用两年时间使大家都懂得二三千字，懂得看报、记账、写信。那样，农业生产发展了，同志们懂得开拖拉机，懂得管理水电站，懂得改良品种，用新方法耕作。"雪梅说得津津有味。

"那太好了！"没等雪梅说完，昌大爷就接上去说，"照你那样说，我这老树也要开花，也会懂些字，看报，写信，讲普通话。"

"那当然的。"

"那时我们村该是人间乐土，人人都是秀才了。"

"是的。那时，走进村来，便可以听到书声琅琅，歌声嘹亮，那时是人人有文化了。文化发达促进农业的现代化。那时，什么新技术我们都会用得来了。"

"是的，穷则思变，要干要革命。一张白纸，没有负担，可以写上最新的文字，可以画上最美的画图。"昌大爷说，"现在就得有你这样的青年，有冲天的干劲，我们一定能够赶上先进地方。我这把老骨头也要拿出来拼一拼。"

"好！向老大爷学习。你老人家老当益壮，我们青年人更应当有雄心壮志，有愚公移山的干劲与毅力。"

"好，还有全体坂坑村民群众和我们共同努力，战胜困难，取得伟大的成绩。"

昌大爷望着雪梅，心里感到有把握，身上充满着力量。

八

女孩也要学文化

赛容妈正在菜园里浇水，赛容在她身边忙着拔草。赛容妈有个打算，让她的男孩子赛新去学校读书，把女孩子赛容留在家里做零活，如拔草喂兔、拔猪草、带两个三四岁的弟妹，她自己除了做家务煮食，还可以种自留地。

杨雪梅来了，她看见赛容妈那么忙，便凑上去闲谈起来。

"赛容妈，你真忙哪！赛容也在拔草。"

"老师，我家就是这样生活困难，加上家务忙呢，他爸爸整天参加生产队劳动，我就做家务、种菜，赛容哪，看弟妹，拔兔草。一家六口，负担太重了呢。"在村里，赛容妈是个很会精细打算的家庭主妇，同时也特别会喊穷。

赛容看见老师来了，意识到是叫她上学，所以停了拔草，提着小土箕，凑近雪梅的身边听两个大人谈话。

"阿嫂，你很会当家理计，家庭生活安排得不错，生活一年一年地改善呢。"雪梅笑着说，她很注意地看着赛容，"阿嫂，你让赛容去读书好了吧！"

"老师，我想读书。"赛容在旁边插嘴说。孩子的脑海里

— 47 —

闪动出学校生活的多趣情景。

"好！我对你妈说，让你来。"

"老师，家庭有困难哪！你说赛容去读书，猪草、兔草没有拔，她的两个弟妹没人照顾呀！她一上学，我就什么事也做不成。我的赛新去读书了，算好了，老师。"赛容妈一边说一边浇起菜来，反正她没有让赛容上学的打算，是漫不经心地回答雪梅提出的问题。

"赛容妈，赛新上学是很好的事，送子女上学是我们做父母应尽的义务。赛容也该上学的，她自己不是很爱来学校的吗？"

"唉，这女孩爱玩耍，她最好跑到学校里半读半玩呢。"

"孩子本来都爱玩，应当让她读书，同时参加些有益的游戏。"

"老师啊！我们家困难，哪里有办法让她闲着？要她做事呢。"

"我知道你也困难，我看共同克服困难吧！"雪梅说着拿起靠在篱笆上的锄头帮助她锄菜地。

"不用，老师，叫你做怎么行？"赛容妈急忙阻止。

"阿嫂，没什么，这些我会呢。"雪梅回答着，仍然锄起地来，"我说困难可以克服，我们村好几家人送三个子女上学呢。他们负担更重，可一讲起读书，他们都热心地送孩子入学。我想你也能做得到，我也可以帮你克服困难，赛容可以带弟妹上学，一边读书，一边照看弟妹，下午可以早些回家帮你拔兔草，你说好吗？"

"老师，赛新上学就好了。那样带着弟妹上学，等下弟妹带不好，书也读不好，两边都掉了。"

"不会，我保证她读几年书，能写会算，不会比别人差！"

雪梅很坚决地说。

"我说，杨老师，你做人真好，想得真周到，我们村里人都说你好。可是，我说，我们有困难，麻烦你来叫孩子读书。"

"妈妈，我要读书！"赛容插嘴说。

"那你就让赛容读书吧！"雪梅催促说。

"我说，我们有困难，赛容还是不去读书算了！"赛容妈放下工具，放低声调说，"老师，赛容如果也是男孩子，我就克服困难送她上学，可是她是女孩子呢。女孩子，反正是别人的人，将来嫁出去，泼出去的水，我们何必辛辛苦苦送她上学？多少妇女都没有文化，反正绕着锅台转，文化有什么用？不像你们当老师的，索性能够读多多的书。赛新去读书就好了。"

这时，雪梅才感觉到刚才自己跟赛容妈做思想工作方向不对头，不是对症下药，赛容妈有家庭困难，但不是主要的问题，关键是她的头脑里有严重的重男轻女思想。

"阿嫂，你想得不周到，现在是'时代不同了，男女都一样'，男女平等嘛！女孩子也该读书，你看，我们这村许多个女孩子都入学了。你家赛容就是该读书。"

"赛容长大以后，反正不会到外面去做工，不会去教书，我看，去读书，多个困难。"

"阿嫂，你想得真是太不周到。你都没有到外面看看，时代不同了，世界不一样了。过去，你年少时，是旧社会，那时妇女受压迫，根本没有机会读书，如果你想读书，也是空想，封建思想根本不让我们妇女有文化。现在政府关心群众，女孩子才有机会读书。"

"现在，我有困难呀！女孩子有读书机会是好的，但是，我们没有机会当国家干部，书读来也没有用。"赛容妈说，"我这样送女孩子读书是找个吃力的事情做。"

"阿嫂，我看你对女孩子读书的意义没看清楚。现在真的时代不同了，做什么都要文化，做农民、做家庭妇女也要有文化。现在农民要用拖拉机，用新品种，用化肥，都应当有文化，坂坑村没有陈小丁，工分谁能记得来？到了大家都有文化，就你赛容没文化，那时她就怪你没有培养她。"

"我们老一代都没有文化呢，也能行。"

"老一代也要学文化，过几天动员你们读晚班，不学文化不行。昌大爷说，去年春天采茶时，就是因为妇女不识字，陈小丁记了账，发了一张记分证给你们，你们搞不清楚。有的妇女把布票跟粮票混在一起，把布票当粮票拿去用。"雪梅停了停又说，"妇女没文化的笑话还很多，听起来好笑，想起来辛酸。都怪旧社会的剥削和压迫，给我们造成了这么多的苦。称秤称不来，数钱数错了，这样的事情实在很多。"

赛容妈站在那里，听雪梅说话，心里渐渐地不安起来，脸有些热辣辣的，有些话是说到她的身上来了。她自幼没读书，连名字都没有，出嫁后，人们叫她承平媳妇，生了赛容和赛新之后，人们叫赛新妈或赛容妈，从来没有叫她什么名字。她自己也不懂得自己的名字，小时她父母就叫她老三，因为她以上有两个兄姐。她是方圆三十里很少跨出去的人，唯独那么一次去洋坂走亲戚，在洋坂店铺买东西，她把布票当作粮票，把五尺布票当作五两粮票买饼，就这样吃亏了。她是很精明的人，但是没有文化，什么账都记不来，只靠头脑记账，记多了就乱。细细地想起来，没有文化的人，好像手脚残废的人一样不灵便。她开始认识到雪梅的话是正确的，聚精会神地听着。

"没有机会读书的时代过去了。旧时代的妇女，是有话无处说，有苦无处诉，任人家包办婚姻，把你当作猪狗卖来卖去，有的嫁给凶暴的男人，挨打受骂，无处说理。旧社会，反动派给妇女套上政权、族权、神权、夫权四大绳索。现在解放了，男女平等了，平等在哪里呢？政治上要平等，结婚是自由自主的，经济上、文化上也是平等的，但你不学文化，不参加生产劳动，你就没有办法跟男人享受平等权利，因为你没有能力参加生产活动和社会活动，你只好依靠着丈夫过日子。老一代妇女没文化是反动派造成的，下一代没有文化是我们自己造成的啊！难道你愿意赛容长到二十岁时是个睁眼瞎？那时大家都有文化，只她还是一字不识。难道你忍心赛容像你一样做一生文盲？你睁眼瞎的时候，妇女们都睁眼瞎，到她睁眼瞎时，可别人都有了文化。那时她多么苦，她不怨你又怨谁？"雪梅接着还讲了许多她自己家没文化的苦史，比如资本家克扣她父母工资的事，也讲了坂坑村所受的没文化的害。

赛容妈站着听，忘记了浇水的事，她为赛容没文化设想，想得有些怕了，女孩子不如人，自己先前所经历的没有文化的痛苦与不便都转嫁到女儿身上，她有些痛心，一股寒气向她袭来。

"老师，我想得不周到，那还是让赛容去读书吧！"赛容妈说。

"那就好了，您想通了吧！"雪梅脸上涌起高兴的神情，说，"赛容，明天你来读书。"

"老师，你那样关心孩子，别麻烦你了，我送她去。家庭琐事我自己苦些，多做些。"

"你有什么困难，我跟你一起商量，能做到的，我帮助你。"

雪梅没有马上走，她帮助赛容妈把园地的菜浇好，才回校去。

一个也不能漏掉

星期天一早，雪梅就动身去溪山小山寨。坂坑的后门山有条山路通往溪山，那山路简直算不上路，只有一个方向就是了。有的地方是黄泥土的路，有的地方是刺脚的石砾和圆滚滚的鹅卵石。有的地方，路两旁长着尺来高，甚至并肩高的菅草。雪梅走在路上，有时路又滑又陡，踉跄起来脚趾抠着一把劲走。越过了山梁，开始下山了。靠溪山那边的路旁，长着特别多的菅草，甚至草高齐人，割着行人的脸。

雪梅没有走过这样艰难的路，走起来有些怪不自在，歪来倒去。这路虽然比山坂到坂坑的路近了好多，只有六里，可难度是有增无减的。她一边走着，一边感到奇妙，好像走到了一个别样世界。她没有对道路畏难，而是被溪山那无法上学的孩子吸引住了。她的心想早一刻到达那里，看一看那一座山寨是个啥样子，那孩子长得怎么样，同时考虑着如何劝动那孩子入学。她又想那一家人肯定很热心送孩子入学，孩子也一定是勤奋好学的。有的时候，她脑子里考虑着，忘记了看脚下的路，猛然滑了一跤。

从又密又荫的树林里走了出来，路变得开阔一些。雪梅看到一条小石径绕过山坡，石径一转弯就到了山寨，可能这就是溪山。

那山寨倒建筑得牢固坚实。从房屋便可以看出，新中国成立以后，这山寨的人家开始过上了殷实的生活。

一个年近三十的妇女，正在屋旁的水池边洗衣服。

"大嫂，你这里就是溪山村吗？"雪梅问。

"是的，同志，你是哪里的？"那妇女停了手上的活计回答说。

"我是从坂坑来的，我来这里看看你家，你们有小孩子要读书吗？"

"有，有，但是我们这里没有学校，送到别的地方又有困难。"那妇女有些难为情地说。

"我是坂坑的老师，我来叫你孩子去读书。"雪梅用诚恳的语气说。

"啊！原来是老师，请到屋里坐吧！"那妇女似乎受到一种强烈的刺激，猛然间振奋起来。

她们走进了农家的厨房兼客厅的房间。主妇热情地端出茶水来。雪梅的来临，对于这位山寨妇女，似乎喜出望外。

"老师，你走累了吧，这地方偏僻，路真难走，亏你来了。"

"没有什么，你们不是常常走这路吗？我走一两次有什么关系呢！我们青年人应当会走山路的。"雪梅看了看那妇女，又说，"你那孩子呢？"

"刚刚跟他公公去菜园里了，他公公去浇菜，等下就会回来的。"那妇女语气转为低沉，说，"我们这地方就是太偏僻，路也太难了，孩子没有办法去学校，七八岁的小孩跑去坂坑，来回十几里路，孩子吃不消。几次我都想搬到坂坑去住。"

"我今天来就是要跟你们一起想办法，一定要让孩子读到书。总不能让他长大到十几岁，能走远路了，才上小学读第一册。"

"老师，孩子一定要读书，像你们这样有文化，能写会算，多好啊！我小时候家里穷，我父亲就把我送给人家当童养媳。这边家也穷，又偏僻，就没有机会读书。我想一定得让孩子去读书。"那妇女感慨地说，她对雪梅投来羡慕的眼光。

"大嫂，现在情况不同了。我们政府关心教育事业，我们每一个孩子都有机会上学读书。"雪梅接着问，"你这里住几家呀，有几个七周岁以上的小孩子呀？"

"我们这里就这么一座房屋，两家人。那一家是我爱人的弟弟家，孩子只有四岁呢。我的那个八周岁了。"

说话之间，一个身材高大的老人带着一个小孩子进来了。主妇对老人介绍了雪梅并说明雪梅的来因。老人高兴地摘下斗笠，对雪梅行了一个礼。

"杨老师，老师来到我们这里，这真是盘古开天第一次呀！难得！难得！"老头子两眼炯炯有神。

"现在要普及五年教育，使每一个孩子都有机会读书。"雪梅说。

"昨天夜里，我梦见灯花开了，原来今天老师来我们这里。我们在这里做山，住草楼，这些年来生活才好转了，可是文化都没有。整个溪山两家几口人，一个字都不识呀！宝宝，你看这是老师，她会教你读书。"老人一边说，一边把孩子推到雪梅的面前。

"宝宝，过来！你爱读书吗？"雪梅笑着抚摸着孩子的头，孩子很听话地靠近她的身边，并且用好奇的目光看着雪梅的脸庞。

"你对老师说爱不爱读！你爱读书，读书后有文化。"那妇女蹲下来对孩子说。

"老师，我爱读书。"孩子轻声地对雪梅说。

"好！真乖！真乖！"雪梅说着，用温柔的富有感情的目光望着孩子，望着他的母亲和他的公公。

那孩子对雪梅一点儿也不陌生，一点儿也不畏惧，他笑着说："读书才会乖，妈妈对我说过。"

雪梅望着小孩红扑扑的脸庞，她觉得那脸庞好像一朵绽放的花。

在旧社会，有多少这般可爱的孩子，他们终身没有机会读书。他们做梦也想不到踩进学校的门槛，有的在啼饥嚎寒之中根本也不去想读书。有的人至死没有个名字，有的人至死不懂得写出自己的名字，卖田卖产，卖妻卖儿时，他们随便在白纸上画个圆圈，再画一条杠穿过圆圈就了事。想到这些，雪梅轻轻地抚摸着孩子的头，感到教好这孩子，不仅是对孩子的爱、对未来一代的关怀，而且也是做人的责任。

"好孩子！我一定教你读书。"雪梅激动得噙着热泪，从内心迸出这么一句话。

孩子的公公和母亲看着雪梅爱抚自己的孩子，心里都像有一股暖流通过一样愉快莫名。

"宝宝，你去读书，老师多爱你，她比妈妈更爱你。"妇女笑着说，她是由衷的，发自内心的。

"只有来了你这好老师，才肯来叫这孩子读书。不然这孩子也像我这老一代一样没有读书的命。"老人家一边说，一边虔诚地望着老师。

"好了！宝宝，你随老师到坂坑去读书好吗？"雪梅问。

"我晚上要回来呢，我要看妈妈、爸爸和公公。"

"公公天天送你去，接你回来！"老人说，"你把老师的本领学回来。"

"孩子小，走路困难，本来都想搬到那边去住。"妇女说。

"我们的房屋在这边，再说，这里有田有地，生产队也得派工来这边劳动，所以想来想去搬不动，孩子读书的事也提不起来。"

"坂坑有你们的亲戚吗？把宝宝寄在亲戚家住宿，到学校读书。"雪梅建议说。

"坂坑没有我们的亲戚。再说，孩子这么小，寄在人家家里多不方便。既麻烦人家，宝宝也会不自在。"妇女用低沉的语调说。

"我天天送！"老人坚定地说，"老师到我们深山野墺劝我们读书，我们难道不送孩子读书吗？"

"这孩子总不能像公公、他爸爸和我一样睁眼瞎。到学校读书时，还请老师多给他教几遍！"妇女说。

"好！一定教会他。"雪梅听了老人和妇女的话，用坚决的语气回答说。她想，这孩子在坂坑没有亲戚，无法寄在亲戚家里，八周岁的小孩当走读生，一天回来就十多里路，身体吃不消；老人天天送孙子读书，也是怪麻烦的事。这样，孩子还是没有办法很好地读书，说不定读了一段时间，中途会因故停学。我怎能这样办学呢？我为什么不能自己麻烦一些，更尽职一些，让孩子更好地读书？想到这里，她感到对不起面前这一家农民，对不起这可爱的孩子。

"大爷、大嫂，你们天天送宝宝上学也不方便。这样吧，你们把宝宝寄我这里，每周日下午我来接宝宝，每周六下午，你家再把宝宝接回来。宝宝在学校跟我一起吃，一起睡，好吗？"雪梅说。

"老师——那太多谢你了。就怕宝宝给你带来太多的麻烦。"孩子的母亲热泪盈眶，"宝宝呀！妈妈没有办法送你读书，还是老师接你去读书，这老师比亲爹娘还好啊！"

"没什么，大嫂，培养下一代，我们都有责任。我只是做了我应当做的事情。"

"应当做的事情？连做妈妈的也做不到呢！"妇女说。

"有了好老师，我们这山沟才有文化。老师，我们不知怎么感谢你！怎么感谢你！"老人感动得声音有些颤抖了。他是个有阅历的人了，从没有见过老师这样地关心学生，盘古开天以来只有今天，老师光临了他的房舍，垂青了他的孙子。

"大爷，宝宝名叫什么呢？到学校要起学名呢。"

"老师，你给起个名吧！一家人没文化，小孩八周岁，还没有个名字呢。"妇女说。

"老师，有了，有了。"老人急忙接上去说，"就叫恩生，意思是感谢老师恩情的学生。你说好吗？"

"好，很好，就用这个名吧！"雪梅说。

午饭后，雪梅背着恩生，老人挑着行李，来到了坂坑，学校又多了一个学生。

"阴风"暗吹

全村人对于杨雪梅的到来都表示由衷地欢迎，全村人对于杨雪梅的工作都异口同声地称赞。只有一个人，就是林吉命，对于雪梅到来很烦恼，对于雪梅的出色工作感到疾首痛心。他是新中国成立初才搬到这里来居住的流浪汉，曾经是整个坂坑村唯一的识字人，他曾经读到小学毕业。他初来时，村民们还想叫他做些事，用一用他的文化，后来发觉他用文化来捣鬼，乱记工分，制造谣言，大伙便再也不上他的当了。他也有些"神通"，学起迷信那一套，当起神汉来了，竟然靠卜卦、算命、捉鬼、说书、医病过生活。他搞迷信欺骗一些落后群众，昌大爷发现了，发动群众对他批判教育，他假惺惺地低头认错，可是背后又乱来一套。

那天晚上，生产队开会，说杨老师来了，学校要修整一下，昌大爷浑身是劲，林吉命却很烦恼，心里想：盛昌这个家伙又要登场大演戏，什么义务工派下来，我就吃大亏了。如果真的办好学校，识字的人多了，还有谁看得起我林吉命？林吉命恨不得新来的杨雪梅像以前的老师林春柳、徐妙英那样叫苦连天，滚下山去。听见昌大爷对新老师啧啧称道,林吉命更恼火了。说不定这次来的货色不简单,会搞出什么花样来,所以那天,他回到家里,躺在床上辗转了很久,难以入眠。几天来,林吉命留心观察杨雪梅的工作,确实工作开展得有条不紊,而且杨雪梅这个人是多面手,也会给人家看病。他越想越担心:这可不得了,如果这家伙不走,我林吉命就糟了,什么迷信活动,什么神汉治病,很快就会被她识破,那么我林吉命的活路全都没有了。他想到这里,害怕得有些喘不过气来。

林吉命的房屋在村子的最后面,他很适意住在那角落,以为村边地头便于他神不知鬼不觉地做"地下动作"。

这会儿,林吉命送走了一个外乡来这里请他择日子娶亲的老头,手里拿过二元钱,放到口袋里。他用手摸摸口袋,心里很有着落。忽然,从门口闪现一个人,影子一样地闯将进来。

"什么事情?"林吉命急忙凑上去问。

"你村里写了一条大标语:学习科学,反对迷信。到底是谁搞的?"那人心神不定地问。

"他妈的,是学校那个女鬼搞的。不要怕,她不知道我们的底细。"林吉命为了安慰自己的同行,壮了壮胆说。

"那女的怎么样?"

"怎么样?快把我逼得没有立锥之地了!你看,她也会看病呀!"

"那还了得!我看她在这里熬几天苦生活自己就会跑的,这些女人都是城市小姐,吃好穿好,找个丈夫搞搞,来这里几天就会后悔。"

"不一定,我看这个女鬼跟以前的不一样!干得蛮有劲头!"林吉命说。

"老兄，你这里本来很好，山高皇帝远，鞭长莫及！我那边只能偷鸡摸狗，而你本来可以大展拳脚的。"

"现在不容易了。本来被盛昌这个老家伙搞一下就够受，好在老家伙目不识丁，有的时候我可以混一混过去。现在，真的办学校，加上这个女鬼什么都会，在群众中到处搞花样，我就不好办了，张天师这回自己要犯鬼了。这世道真难哪！"

"唉，连妇女钱、孩子钱也搞不到手了！"那人脸有难色地说。

"人家叫你去劳动改造，看你这骨头会不会粉碎。"林吉命苦笑着说。

"别开玩笑了，老兄，我看你也危在旦夕了。"那人忧愤地说。

"我这个天下不能让给她！我守了十几年，我再要守十几年。"

"你有什么办法？眼下，人家动起来了，学科学破迷信，有文化不受欺。那墙头不是写了？"那人取笑地说，"我是丧家之犬，我看你也是热锅上的蚂蚁了。"

"热锅蚂蚁？我才不死！你有神仙法，我有鬼画符，早晚要把女鬼赶下去！我才是此山真主！他妈的贱骨头，在城市里不待，偏来这里找老夫我的麻烦！"

"她不走呢？"

"哼，无毒不丈夫！老子活不下去，只得拼一拼，要么死鱼，要么破网。"林吉命愤怒地把屠刀挥了一下，扔到很远的地方去。

"老兄，请你把那本《救火经》给我，最近我们那边有一家发现火险，我说让我给他念念经，保平安！"

"反正你口里念念有词，乱来一套也行！谁懂得真假！"

林吉命一边说，一边跑到他那黑漆漆的内间去了一会儿，拿出一本破旧的书给那人。

"那我走了，林师兄，你小心。"那人蹑手蹑脚地出门去了。

"师弟，看我的吧！"林吉命的声音在那寂寞、荒凉的房屋里回荡着。

春意漫校园

　　早上八点钟，太阳从东山的顶上徐徐升起，露出她那圆圆的笑脸，大地是暖洋洋的，学校对面的树木笼罩着山岚。田野里嫩绿的禾苗带着晶莹的露珠，显得特别葳蕤。村后面的树林里红花、黄花、紫花怒放，在露水润泽下，显得分外鲜艳夺目。校门前，昌大爷和杨雪梅种的花树苗壮成长。整个坂坑村春意盎然。

　　学生们很早就来到学校了，他们在和暖而明媚的阳光中享受快乐时光。

　　小敢体质强，爱运动，他和小勇带几个男孩子在远离校门的一边跳绳。小敢跳得满头大汗，小勇一边挥着绳子，一边唱着数字：一、二、三、四……

　　恩生是很文静老实的孩子，他手里拿着语文课本在低声地念着，有时停下来，细细地端详那新栽的花苗。昨天，他爸爸来过学校，给他送来了崭新的上衣。他大清早就穿起来了，他时而轻轻地抚摸着新衣服，不让灰尘沾染。

　　珍珍和春燕在门口的台阶旁边比赛踢毽。珍珍的动作很熟练，那红色的毛毽在她的脚尖有节奏地飞舞着。春燕站在旁边数着，她多希望毽子停止跳动，使珍珍比她少踢几次。

淑敏带着她的弟弟在操场上走来走去，哄她的弟弟，使他不哭。

有几个男孩子在天井里捉迷藏。

有几个女孩子在教室里唱着歌，"我爱北京天安门，天安门上太阳升……"孩子们的歌声、笑声、喊声、呼声、数拍声使和暖的春天更加充满活力。

雪梅跟恩生一早就吃过早饭。恩生到外面去了，她就在宿舍里批改学生的作业。最近，她每天晚上跟小丁一起教晚班，教过晚班之后，准备第二天的教课，第二天清早才批改作业。

雪梅坐在窗下的办公桌旁批改作业，阳光透过窗户照着她的面庞。那面庞被上海式的短发装扮得很匀称，那神情充满着自信。她是那么聚精会神，当作业的卷面上钩号多的时候，她的心里油然而生快感；当作业的卷面叉号多的时候，她的双眉不由自主地紧皱起来。看完了一年级的作业，她的嘴边露出了笑窝，珍珍的作业得满分且字迹工整，小红的作业比以前大有进步。看到这些，她好像在盛夏吃进冰激凌一样快感莫名。二年级的树牧，昨天作业做不来，雪梅用傍晚放学后的时间给他辅导，今天看来，作业没有什么错误。

批改完作业后，雪梅迎着朝阳走到大门前，孩子们仍然在那里不知疲倦地嬉戏。这些孩子多么自由，多么快乐，他们无拘无束无忧无虑地玩着，犹如草原上的野马，又似苍穹里翱翔的春燕，像是春山上生机勃勃的小草，又像是淙淙欢唱的小溪流水。雪梅看着这情景，心里仿佛被朝阳照耀得通红透亮，孩子们是多么天真烂漫啊！她的童心被唤起了，她多想年纪变得小些，个子变得矮些，跟他们一起跳呀唱呀，永远不会倦怠。她回想起爸爸妈妈常常对她回忆苦难童年的事。旧社会，她的爸妈没有童年，他们的儿时衣不蔽体，食不果腹，根本没有领略到人间的欢乐和幸福，幸福对于他们是瞎子面前的锦缎。现在，那可悲的时代永远成为历史，大地变迁，换了人间。回忆着父母的童年，体味着自己的童年，眼看着孩子们的童年，杨雪梅感慨万千：教师们应当珍惜青春，献身教育事业。倘若我没有把这些孩子教好，那是浪费了他们的童年，使他们黄金般的岁月黯然失色，那是谋财害命。她想，如果她是园丁，定要精心培育，使这些幼苗干粗枝壮，树树朝阳，决不报废一粒种子，不损坏一枝幼芽；如果她是泥塑匠人，那么她要使自己的作品塑成鲜活的人，把生命的气吹入他们的心胸，决不浪费一团泥土。

"老师，课文会背了，刚才我又背了几遍。"恩生走到雪梅身边说，打断了雪梅的凝想。

"恩生，你说，这里花苗有多少株？"

"我数了，老师，是六十五棵，对不对？"

"对，恩生，你进步真快，但不要骄傲，要继续努力。"雪梅高兴地说。

恩生来这里才两个月，学习的进步是很显著的。语文课所教的课文，他每个字都能念能写，算术也学会了百以内数字的表达法，而且他爱劳动，每次大扫除都先动手。雪梅观察到恩生回答问题后的自得情态，自己的心里也很快乐。

珍珍、春燕等四五个女孩子，向雪梅围拢过来。

"老师，您好！"珍珍带头向雪梅问好，别的孩子也向雪梅投来尊敬的目光。

"昨天的课文都读熟了吗？"雪梅和蔼地说，"今天大家都来得很早。"

"老师，我都会很早来，我妈妈说，要读好书，将来长大了会做事情"春燕说。

"你们都说说，到底为什么要读书？"雪梅问。

"读了书，可以建设我们的坂坑。"

"读了书，不会受欺骗。"

"读了书，可以过上好生活。"

孩子们你一句我一句地议论起来了。

"你们说的都不全面，有的说得不对。"雪梅微笑着看了看他们说，"我们读书是为了自己好生活吗？解放军在边疆日夜巡逻，不怕辛苦，是为了自己好生活吗？工人叔叔织布给我们穿，是为了自己好生活？石油工人生产出石油来给我们点灯，是为了自己吗？你们说说。"

"都不是。"孩子们齐声回答。

"如果农民伯伯只为自己生产粮食，自己吃掉，那么工人叔叔、我们学生就没有粮食吃。工人们没有粮食吃，就不能做工。如果工人们只为自己织布，那么农民伯伯和我们学生就没有衣服穿。所以说，我们做人不可以自私自利。"

"是的，如果单单为了自己，杨老师也不来我们坂坑了。"珍珍插进来了。

"杨老师是为了教我们读书。"淑敏说。

"那么，读书是为了建设我们坂坑，对不对？"杨老师提出问题。

"对！对！"大部分同学都这样回答。

"我们坂坑人读书是为了坂坑，山坂人读书是为了山坂。那么，国家的工厂谁去办，解放军谁去当呢？"

"我们去当。"女孩子们齐声地说。

"如果说坂坑人读书是为了坂坑，那么你就不可能去当解放军，不可能给国家办事。所以那样的说法，也不是完全对的。我们读书是为了建设社会主义。"

"那我回去对妈妈说，读书不是为了自己生活好，而是为了建设社会主义，为人民服务，大家生活都会好起来。"春燕说。

"对了！对了！"雪梅欣慰地笑了，带头鼓起掌来。

"老师，还没上课，你能讲个故事给我们听吗？"珍珍提议说。

"好，好，大家都坐下来听！"雪梅说着，坐到台阶上去。女孩子们都围坐在她的膝前。

"同学们，过来听我们老师讲故事！"春燕大声地喊着。在场上跳绳的、玩耍的、打皮球的同学都跑过来了，小敢、小勇等跳绳跳得气喘吁吁的。

"同学们，我给你们讲个雷锋的故事。"雪梅说，"好不好？"

"雷锋是什么人呀？"小敢好奇地问。

"雷锋同志是一名解放军战士。"

"别问了，让老师讲下去！"恩生说。

"雷锋同志在部队很勤劳俭朴，很少花钱，他把津贴积攒起来。1958年，抚顺郊区成立人民公社，他把自己的两百元积蓄都寄给人民公社。"雪梅说着用眼睛巡视着孩子们，"你们说，他做得好不好呀？"

"这是个好同志呢。"孩子们说。

"他为什么自己不用那钱？"有个孩子问。

"他为了社会主义，把钱拿出来。"另一个孩子答。

"同学们，他是钱用不完吗？那时他是个战士，每月只有六元津贴。二百元，他要积攒两年多。"雪梅说，"你们想一想。"

"我说，老师。"珍珍说。

"让我说，珍珍讲了好几次了。"恩生不甘示弱。

"好，让恩生说吧！"

"雷锋叔叔为了建设社会主义，把钱节省下来，送给公家。"

"对了！对了！我们要学雷锋叔叔为国家、为人民的革命精神，不可以整天考虑自己。"

"再讲一个故事吧，老师。"小红挤到雪梅的面前说。

"好，好，静一些，你们听。"雪梅把小红拉到身边坐下，说，"有一次，雷锋去乘车，在车站，他看见一个女同志丢失了车票，没有钱再买票上车。雷锋同志就自己掏钱买了车票给那女同志。那女同志问他的名字，他说，他的名字叫解放军。"

"为什么他不讲自己的名字呢？"

"真奇怪！那是好事啊！"

孩子们提出问题来。

"雷锋同志认为，为人民做好事是应当的，不要记自己的功劳。他一生做的好事不知有多少呢。"雪梅说，"你们爱雷锋叔叔吗？"

"我爱他，我要当解放军，像雷锋一样。"小敢说。

"我们要学习雷锋叔叔为人民服务，当工人、当农民，做任何事情都可以学习雷锋叔叔嘛！"雪梅说。

"我也当解放军，也当工人。工人会开机器。"小红说。

"我想当老师，像杨老师一样为人民服务。"珍珍说。

"我想当医生，为人们治病，也是为人民服务。"春燕说。

"当农民呢？"雪梅望望大家说。

"我当农民。"

“我当农民。”

好几个孩子争先恐后地说。

“我也当农民，我要当个为人民服务的好农民。”春燕说。

“我可以一边当老师，一边当农民。”珍珍说。

“好，你们都说得对！”雪梅看了看手表说，“时间到了，我们上课去吧！”

雪梅站起来走向教室，孩子一齐涌向教室。

和煦的阳光朗照着大地，坂坑山村热气腾腾的。教室里传来了孩子们背诵课文的声音：

我的爸爸是工人，我的妈妈是农民，

我的哥哥是解放军，我长大要当工程师。

……

山村的夜光

　　山村的夜，九点时，已是很深了，坂坑村沉浸在温馨和暖之中。这时，唯有坂坑小学还是灯火通明，人声欢腾。这几天，杨雪梅把村里的青年文盲组织起来办一个晚班，雪梅和陈小丁一起担任辅导员，每逢星期一、三、五、日几个晚上，青年们都按时来校学习。刚才，夜班刚下课，有些学员提着风灯涌出校门，说说笑笑地回去了。有几个则留下来，到雪梅的宿舍里碰头谈工作。

　　雪梅的宿舍里，煤油灯和几个青年带来的风灯都点起来了，灯光很亮。恩生已在被窝里香甜地睡着了，孩子的睡眠很深，尽管人声嘈杂，他都没有被催醒。

　　"恩生倒好睡呢。杨老师呀，他寄宿在这里，给你增加了不少麻烦呢。"陈小丁坐到床沿，抚摸着恩生的身体说。

　　"别把他惊醒。其实，我也没有什么麻烦，这孩子很乖，吃饭、睡觉都很干脆利落，也不会心焦想家。"雪梅面带微笑。

　　"我看，这跟你关心爱护有关系，要不是你爱他，他早就想跑回家了。"陈幼俤坐到一张矮凳上，一边拿出竹烟筒来。

"我倒很少骂他，他不懂的事，我就教他，他很聪明，也很善于管理自己。晚饭后，自己读一会儿书就睡了。早上很早就醒来，也会帮助我烧火煮饭呢。"

"还好有你来，杨老师，换成别人，谁能这样照顾他？没有你，他简直没有机会读书。"林小龙说。

"如果是旧社会，我们这些穷苦人家的孩子东零西散，逃荒要饭，谁也不易碰见谁。现在政府普及教育，我们才有机会相聚在一起。"杨雪梅望着安详酣睡的恩生，深有感触地说，"可是，我工作忙，对他的照顾很不周到。"

"不是我一个人说的，人家都说，你比谁都好。恩生哪，确实是要感恩先生的。"那个很少讲话很腼腆的青年望着雪梅说。

"外面有声音，是昌大爷来了。"幼俤说着就开门探头去看，昌大爷从大门外进来了。

"你们晚班下课多久了呢？"昌大爷把风灯放在桌上说。

"半点钟了。"雪梅说，"大爷坐到床沿吧！我们谈谈夜班怎么办好。"

"过去没机会读书，现在要抓紧，只要你们有这个班，我都会来。"李时林说。那伙子年纪只有十七八，脸胖墩墩红润润的。

"你有那样的决心很好，可是还不够，我们要发动群众，带动所有的人，把这个班办得轰轰烈烈的。"雪梅坐在灯前说，"你跟小龙两个人当组长，就得抓出勤，天天检查人数。"

"每天晚上，我先到生产队记账，记好账就来，保证不缺我这个人。"陈小丁说，"只是我教得不好，杨老师要多帮助我。"

"我们轮流教，有什么不懂就互相指点，你也可以帮助我呀！"

昌大爷看着他们兴高采烈地讨论，心里很高兴。他眯着眼，望着这些青年人，很想插话。

"我要在两个月内把一千五百个常用字掌握下来。"陈幼俤激动地说，"要把打老虎的劲头都拿出来。"

"下个月，我们要订一份日报看看。《新农村报》懂得看了，我这个文盲的眼睛亮起来了。"李时林说，"大乡村的人，十七八岁就高中毕业了，我一定要脱掉文盲的帽子。"

"我们不单单学几个字，今后等同志们有了语文、算术基础之后，再开农基课等。不能单纯学文化，还要学技术。"杨雪梅提醒大家说，"我和陈小丁同志教学有什么不够的地方，同志们要多提出来。"

"我说，小伙子，刚才杨老师说得对！除了学文化，还要学技术。"昌大爷兴致勃勃地说。

"那太好了！"杨雪梅和几个青年异口同声地说，情不自禁地鼓起掌来。听到昌大爷的话，杨雪梅得了一份支持，身上更觉得有力量，搞好夜班教学的信心更足了。

"我说啊，小伙子们，你们有的是团员，有的是积极分子，学文化也不可以自私自利，要发动全体青壮年来学。要扫除文盲，变文盲村为文化村，学先进技术来建设新农村。"昌大爷眯着眼，用右手指指点点地说。

"只要我们同心协力建设新农村，我们可以建水电站，可以建加工厂，可以买拖拉机，我们坂坑哪里会比人家差？"雪梅说。

"建设新坂坑，有你的功劳呀！可是不要等建设好了，你又去别的地方，享受不到坂坑的幸福了。"小丁说。

"不，享受得到。我愿意在我们坂坑扎根下去。"雪梅坚决地说。

"我说，杨老师也该享受我们坂坑的幸福。你起早睡晚，劝学教书，带学生劳动，教晚班，像个磨盘一样不停地转。小龙的妈常常说杨老师太劳苦了。"昌大爷说着，望了望雪梅，"身体也要爱护，有什么需要尽管讲，我们一起克服困难。"

"我身体还好，不怎么辛苦。其实，我只做了自己应当做的一些事。我做的事太少了，离群众的要求还差很远。"雪梅说。

他们讨论得很迟了，昌大爷和青年们才离开学校回去。雪梅把他们送到大门口。

雪梅站在坂坑小学的大门口，目送踏着有力而轻快的步伐夜归的人们，放眼静静的山村，心里很是惬意。

初夏的月夜，月亮的银光像水银般向大地倾泻。天空万里青蓝，没有一丝云彩，好像是一面洁净的明镜。

初夏的月夜，月光如银倾泻在这静静的山沟，山村高耸的林木在朦胧的夜色之中显得十分神秘。山脚下那两排房屋静静地睡去了，没有透出灯光，显得静穆和安详。房屋面前的水田，嫩绿的秧苗已经生机蓬勃。田野中间的小溪，一两处在月光之下反射出闪闪白光。

初夏的月夜，平静而清爽，宜人而舒适。在静穆之中，田里的青蛙发出一两声鸣叫，隐隐约约地还可以听到小溪的淙淙声。

雪梅站在大门前的台阶上，陶然忘返地欣赏着山村夜色。

山村之夜是如此的美好。月光下这小小山村犹如一块精致的翡翠。那茂密的森林，有丰厚的木材资源。那鳞状的梯田，生产出大量的食粮。那山坡的草地，是天然的牧场。她初来这里，觉得场地很小，不如沿海平原，不如大乡大村，而此刻她却深深地爱这山村，把它当作一块瑰宝。

月夜是温暖的，青蛙有时发出欢声，这何止是夜的温暖，温暖的是这里的人情。昌大爷和昌大娘像对待女儿一样对待她，昌大爷天天问她工作上有什么困难，他情愿放下手中的活计跑来相帮。昌大娘几乎一日三餐都跑来看一看，看看她饭煮熟了没有，菜有没有热起来。青年们把她当作姐妹，见了她总是问长问短，自己有什么事情，哪怕是私人的秘密，都愿意向她倾诉。孩子们见到她，好像弟妹见到姐姐，又像是孩子见到亲娘，他们无拘无束地拉她的手，拖她的衣角，用亲切的语调喊她"杨老师"。她凝视着山村的田畴、房舍，想起山村的人们，她的心是何等地温暖，好像一只鱼在春天的河水中畅游，又似乎坂坑村那小溪的流水流进了她的心田。

她爱这秀丽的山村、富饶的山村，她要投身到山村建设中去。她要为山村培养人才，让这些孩子们、青年们都学到文化，懂得科学，让他们比自己有更多的本领，为社会主义建设发挥出巨大的作用。她要把山村建设得更加可爱，要修建水电站，让这翡翠般的小村在月光下放出光芒，她要培养拖拉机手，让机器的隆隆声唤醒古老的森林和沉睡的荒地。她要让年高老迈的老大爷看到山乡巨变，让见闻不多的老大娘看到新社会的面貌。将来建设搞好了，生活改善了，文化提高了，小山村处处欢笑，处处弦歌。这么多的事情，都要她和这里的同志们同心协力地去干。她恨自己太迟来到这里，她恨这日子一天一天过得太快，而事业的进展这般缓慢。她体会到"人生是有限的，工作是无穷的"这句话的道理。

她想到自己的亲人，此刻她的父母可能在上夜班，在机器旁辛劳操作，挥汗如雨，为社会主义建设争分夺秒，也许两位老人正在灯火之下切磋写信，鼓励在山区任教的女儿。她想到梁平，或许他在灯下绞尽脑汁地研究技术，进行技术革新，或许正在熬夜反复试验，跟工人们讨论关键的问题。她还有许多同学，有的在农村，有的在林场，有的在工厂，有的在海边，有的在部队，有的在学校，所有的人都为社会主义事业辛勤劳动，为社会主义事业日夜奔忙。她虽然感到疲劳，但是极其充实，她的劳动已融入社会主义事业中去，因此她很自豪。

她静静地沉思了好久，觉得梁平在茶余饭后，在空闲的刹那间会想念她。他爱护她，关心她，担心她没有办法适应山区的生活，担心她没有办法把工作做好；她想写信告诉他，说她在这里工作开展得十分顺利。

雪梅回到自己的房间，马上抽出纸张，飞快地写起信来，她迫不及待地要把消息告诉给梁平，让他知道她的情况。

梁平：

你好！此刻你还没有睡吧！你的技术革新搞得怎么样了呢？

如果成功的话，那可以节省劳动，增加产量，对社会主义建设该是多有好处的啊！

刚才，夜班才放学，我抽空写信给你，白天都很忙，很难得有时间坐下来，使座位温暖一下。

我的工作进展得异乎寻常，这个村的所有学龄儿童都入学了，连离这里六里路的单楼独户也送子女上学了。青壮年夜班也办起来了。他们的干劲很大，短期就可脱盲，连青年妇女都参加晚班。要做的事实在太多了，千头万绪，你如果在这里多好！必定能帮助我。

你担心我吃不了苦吗？那完全是多余的。我还年轻，身强力壮，身体就像机器上的飞轮，不停地转，却不会被磨损。其实，如果能够搞好工作，身体也不要看得太重。如果怕零件磨损，把机器封存在仓库里一直不用，那种机器对人们有什么好处呢？

你在繁华的城市，我在偏僻的山村，不论在什么地方，我们的目标都是一样，都是为了建设社会主义。别看偏僻的山村，它是要大进步的，面貌是日新月异的。不信你来看看。我也很想去你那边看看，看看你们是怎样为社会主义而工作的。

夜深了，祝你进步。

明天抽空再写给你。

雪梅写到这里，转身看着床上的恩生，恩生安静地睡着，发出微微的呼吸声，雪梅心里愉快的波涛也随着呼吸声起伏着。户外月光如同白昼，雪梅仍然神采奕奕，毫无睡意。

十三

开动脑筋　勇于实践

　　雪梅对于教学活动是精心安排和探讨的，并且忘我地工作着。每天，她拂晓就起床煮饭，清早改作业，白天上课，晚饭后家访、教晚班。晚班后还要备课，直到夜深人静才能休息。为了把教学工作搞好，她像机器上的飞轮，像时钟上的指针，整日整夜地忙碌着。她感觉到人是必须有点精神的，精神越用越足，是取之不尽，用之不竭的源泉；精神不动用，越来越疲惫，好像铁器不用，越藏越生锈。

　　学校准许学生带弟妹上学，学生带的弟妹多了，分散了他们的注意力，影响了课堂秩序。本来复式班，一个教师要教两个年级，课堂组织颇费精神，加上学生的弟妹们喊叫哭笑，严重地影响了课堂教学效果。这个问题使雪梅伤脑筋。后来她想出一个办法，把学生们带来的弟妹集中在一起，叫一些比较大的学生轮流值班照看，课后她利用一些时间给值班学生补课，这样才解决了学生带弟妹上学所造成的课堂秩序混乱问题。雪梅还自制许多玩具给孩子们玩耍，教那些孩子们唱简单的歌。事实上，她是又办起了幼儿园。村里的妇女一个个赞不绝口，说是杨老师做了好事，为她们解除了儿女拖累，能够参加劳动。特别茶忙季节，这种简易幼儿园很好地满足了农村的需要。

又是一个星期六下午，雪梅送恩生回家，送到村口就转身回来，然后开始学习。她是很勤奋好学的青年，虽然工作紧张，时间缺乏，但是总能够见缝插针地进行政治学习和业务学习。这时她学习到《实践论》里的一段话"无论何人要认识什么事物，除了同那个事物接触，即生活于（实践于）那个事物的环境中，是没有办法解决的……你要有知识，你就得参加变革现实的实践……你要知道革命的理论和方法，你就得参加革命。一切真知都是从直接经验发源"，感到自己是个毫无经验的教员，必须踊跃参加教育实践，从广泛的实践中总结经验。《实践论》的正确思想给这个教育战线的新兵增强了勇气，给她指出了教育工作上的一条敢闯敢干敢革新的道路。

黄思成老师曾经指导过她的教学工作，他寄来一本旧时的《普通教育学》，他在信中说："旧教育学的有些理论是可以采取的，技术性的细节、具体的教学方法是可用的。"雪梅也曾抱着批判的态度阅读了那本书，想用它来解决一些工作中的疑难。但是今天，她理解到对于一个教育战线的新兵来说，向人家照搬旧的方法是没有出息的；方法是为了适应具体工作条件而提出的，善于实践，在实践中探索，才能取得新方法。晚班不就是广大农村青年的创造吗？旧教育学啥时候也没有提到晚班。复式班，两个年级的学生分别到两个相通的教室中去；这也不是任何书中提到的。要搞好教育改革，就得实践。实践出真知，这就是教育工作的新创造。

这时，昌大爷来了，他跟雪梅一起讨论教育工作的具体问题。

"我经常想如何把学生教好，但是没有什么好方法。还好你教我把一、二两个年级的学生分到两间教室，这样，上课时我一会儿在一年级教室，一会儿在二年级教室，两个年级的学生不会互相干扰，秩序好转，教学工作顺利得多了。"雪梅一边翻书，一边说。

"理论也要学习，但是我们要讲求实际，从实际出发做事情，我看就是要大胆试验。我看从允许学生带弟妹上学到举办简易幼儿园，就是我们从实际工作中总结出来的经验。有什么困难，我们可以试着找方法解决。以前几个老师就是没有扎根的思想，工作没有精益求精的精神，教学工作永远得不到改进。"昌大爷说。

"前一段时间，我是上午教一、二年级语文，下午教一、二年级算术。这样很单调，会引起学生们的厌烦，现在我是上午教一节语文、一节算术，下午也一节语文、一节算术；还有音乐、体育、劳动课穿插在语文、算术之间，这样孩子们就很有兴趣。两个年级的学生开展体育活动时，可以让比较大的学生带头活动。学生的积极性调动起来了，我们教师也轻松起来。"雪梅深有感触地说，"我说课堂教学要从学生的具体情况出发进行教学，不要死搬硬套外地的方法。有的地方应当多教一些，有的地方只要教师讲一讲，让学生们去练习就行了。各个学生的具体情况也应区别对待！有的家务多，在家没时间做作业，你就要他在课堂上多练习。最近，我也比较注意精讲多练。小学生爱动，注意力容易分散，我就让他们多读多写。"

雪梅一边跟昌大爷谈着，一边想：大爷虽然没有文化，而他事事为村民着想，想的都不会偏；他有许多农村工作经验，他是多么值得学习的老前辈啊!

  他们俩谈了很多,讨论了许多的教育工作问题。昌大爷很满意雪梅虚心学习和大胆革新的精神。

对面山的灯光

仙阳县是山区县，历来文化欠发达，师资人员不足，多数是外地的大中专毕业生被派来这里任教，偏远乡镇的师资尤其缺乏，山头上的村庄道路不通车，交通特不方便，本地没有人能够教书，外地人视为畏途，连雇民办老师都不容易，民办教师也多是外地人。

坂坑村下山去，走到小溪边，过了桥，一条平路去山坂乡，另一条小石路攀山而上，到了跟坂坑相差不多的高度也有个村庄，叫牛坑村，比坂坑大一点，人口比坂坑多得多了，那是一个大队，一个行政村。

村里有完小，原先有两个男老师，后来调走了一个，剩下的那个叫林冬松，是 F 市人，师专毕业，起先被派到仙阳县洋坂镇中心小学任教。他的家庭成分高一些，自然不易被重视重用，不断被调动，越调越偏远。过几年，从洋坂镇往里调到山坂乡，到了山坂乡就比洋坂镇更偏僻了。

林冬松年轻英俊，学业优秀，有个宁阳县籍的女同学跟他很投合。但是感情上投合并不等于理智上接受，女方对他的家庭成分很畏难，认为这种底子的男人是不可能帮助人提携人，只会拖累人。再说，女方被派往海边的韩阳县，男方被派往山区的仙阳县，两者之间山重水复，于是爱情就像断线风筝。洋坂、山坂这样的地方，有文化的女孩子极少，即使有一两个，对林冬松这样的家庭背景也是不屑的。林冬松出来工作好多年了，个人问题一直无法解决。

新调来的女教师肖春竹也是 F 市人，高中毕业，"文革"前考不上大学，师专短训班也没有份，此后就一直待在家里。七十年代初，遇到上山下乡的浪潮，但她没有劳力，不会劳动，父母就只能通过街道办办个手续，派她到仙阳来投靠亲戚。亲戚通过关系请求学区领导给她当民办，领导倒也通情达理，同意了请求，但有个条件，是派往偏远的牛坑，只有那里有空缺。

林冬松单身多年，个人问题一直得不到解决，如今有个女民办教师要来他那儿，这是天赐良机，心里乐滋滋的。

肖春竹年纪也不小了，久处老家，面对年迈双亲，小眼对大眼，寡言对无语，那种精神状态是很煎熬的。如今，她能够跳出那沉闷的家换个新环境，那心情无异于静水扬波，桑茎抽芽。

坂坑村，坂上走丸，地势陡一些，村的面积狭小一些。而牛坑村，像个坑，像个窝，窝里会平稳一些，给人的印象很祥和自在。

牛坑是个大队（行政村），上头曾拨款修缮校舍。现在的校舍，一进去便是一个厅堂，厅堂上挂着领袖的画像和"好好学习，天天向上"的标语，厅堂的左边是一个厨房和两个卧室，右边是三间面积不大的教室。屋后是松树林，还有一口水质清洌的水井。屋前一个很大的操场，有个沙坑，操场边上立着旗杆。

林冬松带着初来乍到的肖春竹熟悉环境，察看了教室、房间、厨房，再巡视一下房前屋后。肖春竹心中无比欣喜，特意拿来厨房水瓢舀水喝起来，情不自禁地感慨道："真甜呀！"

"我们就要在这里一起战斗了，春竹老师！"

"好！我这春竹，只能在荒野上生长，不宜繁华的城市。唉，你知道，无事可干，坐困愁城，城市对我有什么好！还不如到山野去，有新鲜的空气和甘甜的清泉。"

"春竹老师，这几年你自学读了很多书吧！"

"坐困愁城，读书有什么用？把书里的故事讲给老父母听？他们也是知识分子，懂得可多了。只是他们是背时的遗民！无所事事，一脸写着愁字。"说到这里，春竹有些语不顺气的样子。

"现在你跟我一起，我俩可以谈工作、谈教育，总有共同的语言吧。"

"是的，冬松老师……我们就直率些，不要老师来老师去的，冬松，你大胆指导我的教学吧！"

"你很聪敏，不用我多说，一看教学资料就会的。"

"现在总算找个事干，我为山区教育尽绵薄之力，也算此生不白活。"

春竹环顾厨房，掀开锅盖说："我来做饭！冬松！"

"不！第一餐饭由我来做！我是学校的主人，你是新教师。"冬松理直气壮说，"你去休息一下吧！"

春竹听从冬松的安排，一个人到屋前的操场上散步。她放眼眺望对面的山峦，发现有个黑点聚焦的地方上空有炊烟升起。那里便是坂坑，比这里海拔高些。回过头来，自己学校的厨房里，冬松正在起火做饭，屋顶上也升起嫋嫋的炊烟。

她感受到冬松的热情、诚意，心中有一股愉悦的气流缓缓地上升。

冬松、春竹两个在一起，教育工作很能互相配合，达成默契。

当地村干、村民都很支持他俩的教育教学工作，大队给春竹每月 20 元补贴，加上县教育部门的每月 15 元津贴，春竹的生活开支绰绰有余，每月还可以寄钱给老父母补贴家用。她第一次感到自己独立起来了。

至于男女两个，都到了许大的年龄，春竹对当前的处境胸中了然，坦然处之，何须扭捏作态，犹抱琵琶呢？两个人一触即发，一拍即合。两个月后，他俩结婚了，人们就叫牛坑小学为"夫妻校"。

春竹办了个妇女扫盲午班，很受当地青年妇女的欢迎。春夏之交天气渐暖，晚上，春竹、冬松常常散步到操场外端，能够看到对面山的坂坑村仍有微黄的灯光，那就是雪梅学校的灯光。

无独有偶，雪梅在晚班放学之后，也常到校门外的路上远眺对面山，也能隐隐约约看到牛坑学校的灯光。

雪梅也好，春竹也好，都看到对方的灯光，双方都悟到：让我们为山村的教育和中华文化的传承发热放光吧！

"五育"并举　全面发展

　　我们的教育方针，应该使受教育者在德育、智育、体育等几个方面都得到发展，成为有社会主义觉悟的有文化的劳动者。这句话是领袖说的，是对教育事业的社会功能的最高度概括。

　　教育界还流行着德育、智育、体育、美育、劳育（劳动技能教育）的说法，是对上述教育方针的具体化解释。

　　雪梅坐在厅上望着"忠诚党的教育工作"几个大字冥想：我们每天的教学工作、思想指导工作，都是在培养学生的德育、智育、体育，而美育、审美教育，让学生认识美、热爱美、创造美，是很长期的工作，只能在长期的教学工作中潜移默化地感染他们，让他们的内心形成对"真、善、美"的内往；而"劳育"则比较具体、可操作的，我们学校应适当地开设劳动课。

　　正当雪梅沉思默想时，昌大爷走了进来。

　　"昌大爷，我想给学生开设劳动课。"雪梅说。

　　"劳动，那还要开课？他们放学一回家，就是拔兔草，采猪菜，还用你教？"昌大爷不解地反问。

　　"我说的劳动课，或劳育课，跟学生的家务劳动应当有不同的意义。"

"都是劳动，有什么不同？我们这里的小孩就是要学会写字算术，劳动，他们父母都会教。再说，读书时间拿去劳动，家长肯定有意见！你说呢？"

"大爷，你不理解我的意思，所谓劳动课，一星期只安排一节课的时间就够了，不会妨碍文化课教学，其实平时我们每天都有一节课外活动。"

"课外活动也好，放学也好，他们都是回家帮母亲拔兔草，采猪菜。"

"昌大爷，劳动课跟他们的家务劳动有不同的意义。拔兔草、采猪菜是父母给他们的指令性劳动，带有强制的性质，而学校劳动课则是教他们自觉兴趣地参加劳动的课，没有指令性任务的压力。家务劳动，孩子们是辅助劳力，劳动成果是家长的，而我们的劳动课，劳动成果是他们自己的，由他们自己收获，自己享受。孩子们会感到劳动的乐趣，劳动是人的生活要素。"雪梅侃侃而谈一番理论，言犹未尽。

"那好！那好！"

"那我想把学校后门山坡开辟出一块园地来，作为校办园圃。你说好吗？"

"那好！开垦的劳力就叫林小龙、陈小丁等几个夜班青年帮忙！"昌大爷很高兴地说，看来他老人家是想通了。

开办校办园圃的工作热火朝天地开始了。

雪梅组织青年和小学生把校舍后门的荒地开辟出来。

初夏的下午，大地热得像个蒸笼，草木晒得发蔫。校舍后门的山坡上杂草、灌木长得密密麻麻的，雪梅打着赤脚，戴着斗笠，身穿短袖的旧衣，手拿工具跟小丁他们一起劳动。夜班的青年在陈小丁的带动下，个个身穿背心、短裤，手拿柴刀，像小老虎一样奔上山坡。他们挥着有力的臂膀，舞着锋利的柴刀，把那些乱蓬蓬的灌木、杂草砍倒。林小龙、陈小丁走在前头，只顾埋头挥刀割草、砍柴，那裸露的臂膀上汗珠如下雨般流着。杨雪梅已经汗流浃背，气喘吁吁。她的手指头被柴刀割了一下，鲜血淋淋，但她不吭一声，从身上撕下布条包扎好手指，继续卖力地干活。

雪梅转身看了看被割倒的杂草和被砍倒的灌木，心里涌起一阵舒畅。劳动确实是伟大的，她想，在这杂草乱木遍布的山坡上，人们只要劳动几天，就可能造出崭新的园地来，这园地上就可耕作、播种、收获，荒山草丛就变成有益于人们的园圃了。对于学校来说，园圃远不止是生产物质的园地，更是培养新一代的苗圃。在这园地上劳动，孩子们不但学会劳动本领，而且他们将从这里树立起劳动观点、群众观点、唯物观点和集体主义精神，成为有社会主义觉悟、有文化的劳动者。她抬起头来看着夜班青年们生龙活虎的劳动场面，脑海里显现出不久的来日禾苗茂盛的景象，联想到孩子们健康地成长，青翠禾苗和可爱儿童的脸庞便重叠起来了，融合起来了，她的脸上油然涌起满足的笑容。

"杨老师，怎么？你的手割破了！"小丁察觉到雪梅手指上的伤。

"没什么！"

"杨老师，你休息一下吧！"小龙说。

"不用！我不累，你们休息一下吧！你们劳力真强！"

"我们不用休息，我们是大老粗了，干这点活算个什么！"幼俤说。

"就是大老粗好呢。没有大老粗山河就不会改变面貌！"雪梅说。

"杨老师，就是你们有文化的好！我们没有用！"小龙说着，还是不停地干活。

"不要那样讲，你们就是有用！没文化，可以学嘛！"雪梅一边说着，一边挥动着柴刀，豆大的汗珠在她的后脖子上滚下来，她没有去擦它。

"我们帮助学校把这片园地开发出来，让那小弟妹们也学学劳动，还有，冬天我们青年小组也在这里试种高产小麦，好不好？"小丁提议说。

"那很好，我跟你们一起试验。"雪梅高兴地说。

"资料还得靠你提供，外地有些先进经验，我们看不懂呢。"

"我们一起学习吧！也应当让那些小弟妹认识认识先进技术，从小懂得科学种田，并且热爱农村。"雪梅说。

他们一边劳动，一边说说笑笑，愉快的心情使劳动干劲倍增。一两个钟头，他们就把山坡上的一块划定区域上的杂草灌木清除掉了。雪梅吹起了口哨，那些在校舍里读书的孩子们就蜂拥出教室。

孩子们按照雪梅的吩咐都头戴斗笠，做好了劳动准备。小敢带领队伍，一个接一个地上山坡来了。

"同学们，你们要完成一个任务！"雪梅一边擦汗一边说，"大哥哥们把这坡地上的乱草、杂木砍下来了，你们一起把这些东西搬到操场上去晒，好让大哥哥们把这块地开出来，等下你们拿着土箕来，把地上的石块、木屑、草根、树根捡走，以后我们还可以把这些草木晒干烧草木灰呢。"

"好！"孩子们异口同声地回答。

"老师，我们也拿锄头开荒！"小敢站出来说。

"你们力气不够，就做你们能够做的事情好了，学着劳动吧！你记得'三大纪律八项注意'的第一条吗？我讲了很多次了。"

"记得！第一行动听指挥！"小敢回答。

"那好，那你们就动手捡走杂草和杂木吧！"雪梅说。

孩子们像一群欢乐的小鸟一样，你抱着一把草，我拿着几根小灌木，来来回回地奔跑着。

夜班青年看着孩子们不怕累地劳动着，干劲更足了，他们扔掉了柴刀，拿起山锄抢起来，翻起了一块块新泥。雪梅跟他们并肩战斗着，她也狠狠地抢着山锄。青年们劝她不要挖山掘土，她怎么也不依。她想，挖山垦荒虽然是重活，但是不可躲避这样的活计。有些日子没有参加生产队劳动了，手皮薄了，劳动一会儿就生了泡，但她下狠劲坚持着。

孩子们干得才带劲呢，小敢和赛容都是劳动的能手，他们把很粗的杂木都扛起来了。大家劝他们不要拿太重的，他们却不听，肩头顶进去，一扛就走。孩子们争先恐后，你追我赶，有的抱杂草，有的扛杂木，干得手脚不停，一张张小脸都被汗水浸得红润润的。

孩子们唱起了雪梅最近教他们的儿歌，"我们是勇敢的红小兵，读书、劳动争先进，长大能文又能武，当好革命接班人。"

雪梅看着孩子们那种带劲的劳动，听着热情洋溢的歌声，身上的力量不断增添，手头也更加有力量，一块块新泥被她翻起，又被扔到她的身后了。

"来呀！加油干！"陈幼俤喊起来了。

"拿下了这个任务呀！莫松劲啊！"陈小龙喊起来了。

青年们的虎劲更足了，十几个人，有的垒岩壁，有的挖土块，有的挖树根，一条条岩壁垒起来了，一畦畦园地开出来了。

傍晚的时候，学校后面的草木茂密的山坡变成了一块很整齐的园圃。青年们孩子们和雪梅在园地上谈笑风生，歌声起落，喜气洋洋。

雪梅望着同志们用双手新开出来的带着泥土气息的园圃，望着欢欣鼓舞的人们，迎着凉快清爽的晚风，心情无比愉快，犹如在炎热之中，在大汗淋漓之中，喝下一杯又一杯清茶。

过几天，校园圃开辟出来的新土块晒干了，雪梅带着同学们整理出两畦来，一畦是一年级的，另一畦是二年级的。雪梅向群众家讨要来小白菜的菜苗，她自己动手先在菜畦上挖好穴。准备就绪，同学们在雪梅带领下，手拿柴刀、小锄头，欢呼雀跃地来到园地。

"同学们，两班同学到各自的菜畦上，把穴里的泥土敲细碎，然后种菜苗！也要有人去拿水，种好菜苗，要在菜根上浇水！"

"老师，我去拿水，我有力气！"小敢说完带着小勇奔向学校厨房。

"小心！不要拿太重！"雪梅提醒说。

"老师，我这样种，根会不会太深？"赛容问。

"我来看看！"刚好昌大爷也来了，跑到赛容跟前。

"昌大爷！请指导！同学们，听大爷教我们。"雪梅迎上去说。

"同学们，根不可太深，也不可太浅，要刚刚好！这是经验。"昌大爷兴味盎然地说。

"老师，水拿来了。"小敢和小勇叫着。

"同学们，水要灌在根上，让根潮湿了就行，水不可太多太冲啊！"昌大爷说。

很快，师生们把菜苗种好了，那菜苗都生气勃勃的。

"同学们，接下去三天，每天早上都要给菜苗浇水。"

"明天、后天，还是我和小勇负责浇水！"小敢自告奋勇。

"好啊！同学们，我们感谢昌大爷给我们上课！"

"哪里！哪里！"

"今天的劳动课有味道吗？"雪梅问。

"有味道，我们爱上劳动课！"同学们齐声回答。

"鬼火"作祟

　　一天傍晚，刚刚放学，一位女家长随意散步进学校，神秘地对雪梅说："老师，学校后门的山坡开辟了园地种菜，地理先生说，那样会破坏风水龙脉，学生也读不好书。这几天，夜里还有鬼火出现。"

　　"谁说的？"

　　"群众都那样说，我这背后对你讲。"那妇女故意压低声音。

　　"那是造谣，说话的人都不敢站出来讲，在背后说鬼话，造谣言。"

　　"好多人传来传去呢。"

　　"山是高高低低，延绵而来，是土石构成的，龙是古代传说中的神奇动物，山脉怎么就成了龙呢？尽是胡说。风水跟鬼火怎么会连在一起呢？你要相信科学！"

　　"你说也是，那话不要听。"那妇女看风使舵地附和。

　　"要相信科学，没有龙，也没有鬼。孩子们读了书就懂得科学，不信鬼神。"雪梅和气地说，她知道这妇女是无知受骗的，"你告诉我，是谁说？"

　　"那么多人，闲言闲语，你一句我一句，说不出源头在哪里。"那妇女闪烁其词地说。

"那你回去，对你孩子千万不要宣传这些古怪的话。"

"好！好！"

晚班放学后，雪梅和昌大爷把林小龙、陈小丁、李龙胜留下来，大家讨论如何对付这些谣言。大家认为，讲迷信的事十有八九跟林吉命有关，但必须拿出来证据来才能揭穿他造谣惑众的鬼把戏。

第二天夜里，陈小丁、林小龙、陈龙胜三人带着手电，穿着黑衣服，隐蔽在校农圃附近，看看有没有鬼火出现。下旬的夜，下弦月还没有出来，大家观察着附近的动静。一小时、两小时过去了，没有任何动静，所谓鬼火出现尽是无中生有，胡言乱语。他们正要动身回家时，二百米远的山脚下真的有小火光出现，大家屏住气息埋伏在那里，观察火光的移动情况。那火光有些游移不定，慢慢地向校农圃靠近过来。原来是一个人拿着手电，他到了园圃定神下来，把手电光朝校舍和村里照射。然后，那人坐到园地上，亮着手电光，抽起一根烟。

陈小丁他们很清楚地看到那人是林吉命，"不许动！"一声口令，三人猛扑过去，把林吉命反剪架住。

"做什么？"林吉命一下子懵了，不知所措。

"你说，你做什么！"

"我听人家说，校农圃夜里有鬼火出现，我来看看真相。"

"真相就是你造谣，恐吓师生，破坏学校教学。"

"你们误会了，误会了。"林吉命颤抖着声音哀求。

"不管怎样，到学校去，对老师和昌大爷交代清楚！"

"求你们，求你们！大好人，放我一马！"林吉命跪地请求。

他们三人还是把林吉命带到学校。

　　昌大爷和雪梅对林吉命责问了半天，林吉命终于如实承认了错误，昌大爷责令他写下悔过自新的保证书。写完保证书，林吉命像夹着尾巴的小狗跑回去了。

　　事后，雪梅更加认识到提高文化水平的重要性，办好小学是刻不容缓的事情。群众没有文化，也就不懂科学，这些靠迷信手段欺骗群众的不良分子就更有市场。这次装神弄鬼的目的是把老师吓跑，让学校办不下去，儿童没有读书的机会，文盲人容易盲从迷信，他林吉命就可以以迷信的手段赚钱。办好小学，提高群众的文化水平，太重要了！

牛坑夜话

　　牛坑这村庄，绝大多数人姓牛。据说是祖先放牧水牛到这山上，牛群就驻足这里，不愿下山，姓牛的牛主人感到神奇，以为这里是神圣所在，人也搬来定居。一二百年了，几家姓牛的人发展成百把家，从而把这地方命名为牛坑。

　　也有人说，村庄的左右山峦像两只牛角环拱起来，村庄的房屋就盖在中间，中间这个窝就叫牛坑。这是同名异解。

　　外间的人总认为牛坑地处偏远，山高水冷，对牛坑并不向往，甚至视为畏途。而牛坑人却不然，他们世代都钟爱家乡，说这是"牛眠福地"，这地方的坟墓能让子孙长发其祥，这地方的民居能使人口生发，六畜成群，财源富足。

　　牛坑人对牛有特殊的感情，家家养牛，少则三四只，多则八九只，一清早就豢养山上，任它们自由觅食，傍晚去赶回家，不用人整天跟在牛背后看牧。这里的牛赶下山到集市上出售，专卖给各乡村生产队耕田，不卖给屠牛的市场。

　　牛是神圣的动物，又是人化的动物。牛勤劳耕田，不怕负重，牛善于涉水渡河，能去远方；牛体魄庞大而善良，从不霸凌物类。

牛坑人把自己跟牛联系在一起，自诩像牛一样在天地间物竞天择。新中国成立前，有人离家漂泊海外，现在音讯全无，好像牛泅渡过海没能回来，牛坑人却认为他们在异域还安然健在。1934年，有人参加红军北上，也是音讯不通，据说那人在什么地方当了地级的官，牛坑人肯定他还很发达。总之"牛眠福地"的"风水"保佑从这里出去的人万无一失，留在这里的人们平安静好。

可是，这个偏远的山村却有一件无奈的事情。这个大队，按政策当然要办个初小校，派一两个公办教师来，学校年年都在办，就是老师是外乡人，大都嫌这里交通不便，又要爬山岭，身在心不在，教学工作敷衍塞责，应付了事，教学质量得不到保障。村主任到公社学区去反映情况，并请求再派老师来，因为在这里任教的赖老师不安心工作，不被群众信任，待下去也没面子，找借口要调走；林冬松老师工作倒认真负责，但一个人教那么多学生，负担太重。这时，刚好肖春竹亲戚托关系帮肖春竹找工作找到学区李主任那里，李主任揣摩一下，答应接收肖春竹当民办教师，但必须到比较偏远的牛坑去办学。这样一来，原任的赖老师可以调走，人情关系也照顾到，这是两全其美的事。

就这样，林冬松与肖春竹走到了一起。

牛坑，对于林冬松和肖春竹来说，确是"牛眠福地"。林找到伴侣，完成婚姻大事。肖则有了自己喜好的工作，有了终身寄托。虽说，牛坑地处偏远，交通不便，而他俩总觉得有"汉恩自浅胡自深，人生乐在相知心"的温暖和亲热。这地方是他俩的桃源，牛坑"芳草鲜美，落英缤纷"的自然环境很优美宜人。

时光似箭，开学三个月了，他俩成了一家人，工作起来，两人如手足连动，十分默契。

今天是星期六，只有上午半天的课，这星期山坂学区没有通知教师开会，他俩就抽空料理些自己的生活杂务。下午，两个人到学校边上的菜园整理菜畦，给菜苗施肥，还到附近的山上捡些枯枝干柴备作燃料。

傍晚了，春竹炒菜，冬松烧火。本来嘛，初夏在灶口烧火是很烦人的事，热得出汗，可冬松却乐滋滋的。近来，两个人连环马似的，连手干活，总是得心应手。

晚饭后，冬松、春竹有空到学校操场延伸出去的路口乘凉，在暮色之中，看得到对面山的坂坑村——白天炊烟升起的地方，夜晚灯火闪烁的地方。现在，他俩跟杨雪梅也已经熟悉得很了。

他俩带着板凳坐在路口，风微微地触肤而过，不仅肌体舒适，心也畅快。

夜幕低垂，上弦月也在山口露脸。一天的劳累渐渐消除。

"松，上午第二节的音乐课我上得可以吗？"春竹很诚恳地问道。

"很好！全校就那么三十个学生，合起来上课就省力些，再说，你是女人音色，孩子们爱听爱学。"

"我在马路上，捡到一分钱……太简单些。"

"小学生嘛，就得简单些，好上口！"

"听你的！"

"这学校，我是校长，你是教导，二合而一。"冬松打趣地说。

"我们俩今天会一起到这里，想都没想过。"春竹凝视着远方说。

"事未易察，理未易明。很多事，特别是将来的事，人不能有先见之明来掌握命运。但我们会力求适应环境，顺时应变，适者生存。"

"是啊！适者生存，所以胡适取名就很有道理。"

"这话不可以对别人说，胡适目前是禁忌的人物。"

"我懂得，你我之间还有什么禁忌！"

时间渐渐入夜，山村的人声静了下来。

"我适应性强，师专毕业本可以进一中，后来却把我派到乡镇中心小学，我反正服从组织安排，他们指向哪里，我就走向哪里。领导安排到牛坑，我就到牛坑，我没有意见。现在有你跟我在一起，比什么都好。"冬松说得很豪壮。

"中心校，一人一科，这里要教复式班，很麻烦，苦累得多了！"

"没什么！复式班有什么！我看这里的学生很好教，首先是求知欲强，对老师很尊敬。"

"我感觉这里的群众纯朴善良，他们对老师都很敬重！有些不相识的青年妇女看见我，都老师长老师短地招呼，不像大地方的人，看不起教师，特看不起民办老师。牛坑真的是宜人的地方。"春竹由于家庭问题，在大地方常遭人白眼，在这里，乡人把她视作知识的乳娘，她内心是很感激的。

"这里的学生特有情味，我想培养一二尖子，让这里的人高兴高兴，也突显我的本领。你刚刚开始教学，不用担心，凭你的文化程度，业务能力比别的民办教师强，也不输公办教师。先把这里一、二年级语数教好，期末学区统考成绩便可看出来。让我俩在山区显一显身手。"冬松说得激昂时用右手拍拍春竹的肩膀。

"我想参加师范函授，哪个学校入学条件不苛刻？"

"还是参加师大中文系函授，那也是不须政审，只要在职民办教师就可以。"

"那太好了！对我来说，也算异路功名吧！"

"近来家里父母怎么样呢？"冬松问。

"我有了着落，每月还汇几元钱给他俩，他们总是有了小小的安慰，不再日夜忧愁。"

"暑假回去几天，给两家大人安慰安慰就是了。"

上弦月已落山了，夜更深了，村庄里农家的火光都隐去了，可他俩仍然没有睡意。

"松，我可能是怀孕了。"春竹靠近冬松低声地说。

"那太好了！真是天从人愿！"冬松高兴得站起来说，"我们可以早些养一群鸡供你坐月子吃。农村比城市有这点好处。一天一只鸡，母子好身体。"

"还早呢。"

"亲爱的，我的宝贝！"冬松一边说，一边紧紧把春竹抱住。

"抱什么！睡觉时在床上抱还来不及吗？"春竹娇嗔地说。

"亲爱的，我的宝贝！"冬松又抱一次，加上一个吻。

牛坑的夜，静谧而美好。

给以母爱

　　杨雪梅从小红家里回校时，小丁和晚班的青年们已经下课，他们在雪梅的房间说说笑笑了一会儿就走了。雪梅和恩生躺下睡觉。恩生一躺就呼呼入梦，雪梅却一直考虑着小敢的问题。小敢是个没有母亲的孩子，一来因为没母亲了，从小就得到祖母的溺爱，变得很任性；二来是家里杂事多，拔兔草、砍柴花了相当多的时间，逼得他上学迟到。他有纪律性差的缺点，但如果单单批评他，也有些不够合情合理。考虑的结果是，必须从思想上提高这个学生的学习目的性；从实际上帮助他解决困难。这样办，那样办，雪梅想着想着，辗转不能成眠。

　　星期日上午，雪梅和恩生一起去拔兔草。用了大半晌工夫，两个人拔了一大箩筐的青草，红花草呀，乳草呀，青蛙草呀，各种各样的都有，尽是幼嫩的。她和恩生把这些草送到小敢的家里。

　　这时，小敢在门前玩耍。他看见老师和恩生来，老师肩上扛着一大箩筐的草，心里感到很奇怪，他担心，星期六上午没有上课，老师会批评他。

"小敢，在做什么呀？"雪梅走上前和气地问。

"我在看家，老师。"

"昨天上午你又没来上课了呢。到底有什么事啊？"

"奶奶要我拔兔草呢。"小敢这次是信口开河了，星期六上午他是到菜园里玩迟了，索性不去上课了。

"小敢，你天天拔兔草，占去了很多的学习时间，妨碍了功课；今天我和恩生拔这些草让你喂兔用。以后，我和恩生抽空拔些兔草给你，让你能够准时来校读书。"雪梅放下箩筐和蔼地说。

"现在我有时间，爸爸叫我不要每星期都回去，他会送粮食来。我有空了，小敢，我帮你拔兔草好吗？"恩生带着天真稚气说。

"好！"小敢回答恩生的话，接着说，"老师，你帮我拔兔草怎么行？奶奶会说我麻烦老师。"

"没有什么关系，小敢，没有什么麻烦，我们互相帮助嘛。只要你能够经常来校读书，学好本领就好了。——你不是想当解放军吗？解放军要有文化，你看驾驶飞机在天上飞，开着汽车在路上跑，没有文化怎行呀？"

"以前，我常常缺课。"小敢低着头说，"我的书，读得不够好。"

"你经常缺课，家里事情多吧！你读书时间少些，多参加劳动，劳动本领强也是优点。今后要发扬优点，改正缺点，争取进步。"

"我们把箩筐抬进去吧！"恩生向小敢建议说。

两个孩子把箩筐抬去，雪梅随他们的意，跟在他们后面，看着他俩亲热的举动，心里很高兴。

"小敢，奶奶呢？"雪梅问。

"奶奶去菜园浇菜了。"

"奶奶多么爱你，为了你能够上学读书，把你送到学校来，她年纪那么大，克服困难种菜、拔草，她希望你长大后有文化。"雪梅说，小敢听着，心里掀起一阵波涛。

"我爷爷也非常爱我，他常送东西来给我。"恩生对小敢说。

"爷爷和奶奶宁可多做些事情，为了你们读好书，你们可不能辜负老人家的期望。他们都希望你们长大了有本领，有觉悟。"雪梅说。

把兔草倒到地上，雪梅和恩生走了。小敢望着雪梅的背影，心里的波涛更加汹涌。为了他能够上学读书，奶奶不顾年老，把许多杂务担去了；担心他没时间来读书，杨老师送了兔草来，她跟奶奶一样关心他。这个没有母亲的孩子，似乎突然间感到母亲的爱。他顿时觉得老师的形象越来越高大，越来越鲜明，她的面容越来越可亲，像是自己的母亲。

十九

"神医"败迹

又是星期六上午，雪梅发现赛容没有来上课。平日，赛容是一个纪律性非常强的很听话的女孩，早上准8时一定要来校，并且在教室里自己拿出语文书来朗读。开学以来，她没有一天迟到，可是，今天没有来。

上完三节课，星期六下午没有课，雪梅赶忙到赛容家来了解情况。她到了赛容的家门外，听到里面有动静，好像是呻吟声，心里很紧张。雪梅推门进去，到了赛容的卧房，才看见她的父母都在，赛容躺在床上，而父母亲愁眉苦脸，六神无主的样子。

"赛容怎么了？赛容妈。"

"昨晚起就肚子痛，越痛越厉害。不懂得怎么会这样。"

"吃了药吗？"

"没有，我们半夜就叫吉命伯来，请他看一看。他说孩子在野外犯了'野东西'因而发病。"

"他胡说骗你，装神弄鬼的！"

"老师，我们村里人有病痛常找他，他不会骗我们。"

"完全是骗你们，他还拿什么东西给孩子吃？"

"他是画了符箓，叫我在房屋里烧一烧，清洁环境，把那符箓的纸灰冲茶给孩子喝了，会镇邪驱妖，他还教我们在厅上摆一下祭品，敬一敬野外小神，就会好的。"赛容妈说着，显得很虔诚的样子。

"你受骗了，纸灰怎么能治病呢？"雪梅听到赛容妈的话，心里愤愤不平地说。

"我们这里人都叫吉命伯画符治病，都有效果呢。不瞒你说，不知为什么今天赛容好不起来。"

"你们真的受骗了。"

"他还有药给孩子吃。"

"有剩吗？什么药？"

"有，有……是这样的东西。"赛容妈拿出一粒圆圆黑黑的丸子来。

雪梅接过来细细端详，捏捏那丸子，软软的，是药店里卖的银翘解毒丸。

"是吉命伯从神那里拿来的。"赛容妈说。她还记得那个场面，在桌上点着香，林吉命嘴巴念念有词，然后挥手从空中拿药。

"受骗了你们，那是他学了魔术，用了障眼法，其实药丸子就藏在他的袖口里，说时迟，那时快，你们看不清楚，你们三人五眼也会被骗的。这丸子是银翘丸，保健院有，一个一角钱，可是它是治感冒的，不是治肚子痛的。你们要明白。"

赛容爸无精打采地坐着，不断叹气，没有怎么说话。

"啊，还没有泡茶给老师喝。"赛容爸骤然想起。

"不用了！不用了！"雪梅直率地说。

赛容肚子还很痛，呻吟着，额头上冒出冷汗。

“老师，这肚子痛压不下去，怎么办？吉命伯是十八般武艺都用了，没办法了。求求你。”赛容爸用虔诚的语气说。

“他会把痛治好才怪，他是做迷信，自称‘神医’骗你们的钱呀！千万别上当了！孩子病成这样，你们还叫他画符治病，误了治疗，出个三长两短怎么办？”雪梅一副愤慨的神情，“我以前也当过赤脚医生，根据你们的讲述，以及我对病状的观察，你赛容的病可能是蛔虫病，还可能是胆道蛔虫，现在你们先拿一小杯醋给孩子喝，醋酸能安蛔镇痛。马上动手，赛容妈。”

刚好家里有醋，立即给孩子喝下。

雪梅看着赛容被剧痛折磨不停呻吟的样子，心里非常难受，她想只要孩子能马上解除痛苦，自己做什么都可以。如果这时林吉命站在她的面前，她一定会一巴掌掴过去。“现在，赛容妈，你要护理好孩子，我和赛容爸马上去山坂乡保健院拿药。如果他们认为我的诊断不准确，我带一个医生上来。恩生先寄到昌大爷家吃饭。”

“老师，太劳苦你了，怎么行呢？”

“没有什么关系。赛容妈，孩子病好了，大家都高兴。这山岭我走惯了，不难。我要去跟保健院的医生探讨探讨，看看我的诊断会不会准确。”

于是，雪梅和赛容爸就马不停蹄地奔跑，来回要走一整天的路，他们只用了半天，天断黑时，他们取回乌梅汤（没有成药乌梅丸）和驱蛔灵。医生嘱咐，病人先喝乌梅汤药，等肚子痛好了，口服驱蛔灵杀虫。

这边家里，赛容喝了醋，肚子痛慢慢地停下来，随后睡去，等雪梅和赛容爸取药回来时，肚子不怎么痛了。他们连夜煎煮了乌梅汤让孩子服下，孩子脱离了险境。

　　赛容爸妈留雪梅吃晚饭，雪梅谢了，赶赴昌大爷家领回恩生，这时才觉得饿了。

　　第二天清早，赛容肚子不痛了，她的父母心里涌起对老师的无限感激之情，同时看破了林吉命迷信活动的骗钱手法。

　　林吉命因"神医"败迹，从此再也不敢招摇撞骗了。

读书是要为民众服务的

　　雪梅兴致勃勃地开展工作，天没亮就起床，忙到更深夜阑才躺下，但她没有任何劳倦的感觉，倒感到生命的充实，似乎青年人有用不完的力量源泉，似乎生命之光像太阳的光一样永恒地放射。山村学生的求知欲正像春天的草木一样生命力蓬勃，越长越旺。整个学校喜气洋洋，师生们生龙活虎。群众眉开眼笑看着校园里的一派春光，都赞不绝口，说是上级领导有方，派来了好老师，工作开展得有声有色。

　　但是，最近学生中间却出现一些现象——小红能够经常来校读书，却提出不当班长的请求。她说："老师，我读书就好，班长当不来。"小红本是非常积极带头的学生，现在变得消极，雪梅感到惊奇。她找小红谈，小红却总是低头不语。孩子们的一举一动都引起雪梅的注意，他们的丝毫进步，她都心头高兴，他们的微小变化，也深深引起她的不安。她以为，教师对于教育事业，对于学生的思想与学习都应该十分地热心和负责任。

　　星期六晚饭后，雪梅带着恩生一起去小红家。小红的爸爸晚饭后去生产队开会了，小红妈热情地接待雪梅和恩生。小红在旁边也亲昵地跟雪梅谈话。

"老师呀！我的小红在学校表现怎么样啊？我都忙着田里山头，就是没有空找老师谈呢。白天你来也不容易找到我。"小红妈一边忙着烧火一边说。

"你是个勤劳的人，白天我来了，你都不在家呢。"雪梅说。

"老师，我妈妈今天砍了两担柴，很大担。"小红伶俐地说。

"小红在学校表现很好，热爱劳动，认真读书，按时完成作业，各方面都不错，也不骄傲。"雪梅说。

"婶婶，她是我们的班长呢。"恩生对着小红妈说。

"你们老师要严格要求她，老师严格些才好。读得好，那才是开头呢，要坚持到底。"小红妈顿了一下又说，"文化真重要，人家选他爸爸当生产队保管，他就是缺少文化，记不好账，只好用炭在墙壁上一横一横地画来画去。我说，不要当算了。他说，不当谁当？解放前，你要当也不让你当。我说，倒有点道理。解放初，我还年轻，乡里叫我当妇女代表上县里开会，可是没文化真不行。我和他爸天天叮嘱她要读好书。"

"小红，你听到了，你妈说得多好！要不要读好书？"雪梅说笑着。

"要，要。我听老师的话。"小红说。

"你看人家恩生那么远都来读书，你不好好读，怎么行？"小红妈又说。

"我读好了嘛！妈，你问老师。"小红说。

"小红，一个学生读好书，不单是把课本读好就算好了。你知道吗？我们要做到身体好、学习好、工作好。你想想看，你都做到了没有？"雪梅抚摸着小红的头说。

"不知道。"小红望着煤油灯晃动的火苗说。

"那你为什么不当班长，不带头了呢？"雪梅和蔼地问。

"我想把书读好。"小红回答。

"当班长嘛，多做些事情，为同学服务，是光荣的事。"雪梅说。

"怎么不当？我看这孩子就是不够格。人家老师叫你当，同学选你当，你怎么不当！"小红妈说。

"我们只顾自己，不为人民服务，那样行吗？不当班长的思想可不对呀！你只想自己，没有考虑同学呀！以后你长大了，应当服务群众，所以群众叫你做什么，你就做什么；不可以群众要你做什么，你偏不做，群众不要你做，你偏要做。那样就会脱离群众，那样的人，本领再大也不行。"雪梅用缓慢的语调一句一顿地说。

"他爸爸就有一点优点，以前人家选他当生产队长，他做了，要起早派工，摸黑收工。后来，改选了，他没有意见。过两年，又叫他当保管员，他不识字，不识字就用记号，小丁在旁时，就叫小丁记。我看他多吃力，他没有怨言。为大家做事，自己苦一些怎么样呢？我说，没有什么。"

小红和恩生都聚精会神地听。小红望着火苗沉思着。

"听见了没有？小红。你爸爸是任劳任怨地为群众服务的，服从群众的需要。你说一个生产队，你不当保管，我也不当保管，大家都怕麻烦，集体事业就这样垮台了。那怎么行！解放前，如果你怕干革命危险，我也怕干革命危险，那大家都不干了，能有今天吗？你要学习你爸爸那样为群众服务呀！"雪梅说。

"老师和同学们相信你，你就得干呀！你为什么不干呢？"小红妈问。

"我长大了会为人民服务的。"

"长大了为人民服务，就得从现在小时候做起，锻炼锻炼吧！"雪梅凑近小红说，"你讲讲，什么原因开学初很积极，现在不当了。"

"我听妈妈说了，老师说的，我应当服从同学们的需要当好班长，但是人家会笑我。"小红说。

"谁笑你？笑什么呢？"雪梅问。

"你好好对老师讲吧！"小红妈说。

"人家小敢说我假积极，出风头。"小红腼腆地说。

"啊，原来是这样，为什么前几天都不讲？"小红妈说。

"那样是小敢的不对，明天我批评他，我相信小敢会改过来，他不再笑你。但你也有缺点，为什么不敢讲出来呢？人家笑你，你就不干，也是不好的。你没有长大不知道，做事情都不会那么顺利，都会有人笑，怕什么！笑的人后来也会明白自己笑错了。当班长要带头，要认真读书，要帮助同学，不要怕苦、怕累、怕讥笑。"雪梅说，"你明白了吗？"

"明白了。"

"怕讥笑，也就没有克服困难的精神，不会克服困难，就不可能为大众服务。"雪梅接着说，"解放军打仗，还有生命危险呢。你怕人家讥笑怎么行？"

"我错了，老师，我以为读好课本就行了。明天起，我当好班长，带头唱歌、排队做操、打扫教室，同学们要我做什么，我就做什么。"

"对！这样才对！"小红妈说。

"下学期改选了，不叫你当，你有意见吗？"雪梅出其不意地问。

"我还要她当班长。"恩生说。

"那我不当了，服从同学们的需要。但我还照样为同学服务，做好事。"小红想了一会儿才说。

"人家笑你呢，怎么办？"雪梅又问。

"我也不怕。老师不是说，做好事不怕人家讥笑吗？"小红干脆利落地回答，这时一点儿也不难为情了。

"对！就像你爸爸那样！"雪梅说。

"我读了两年，要帮爸爸记粮食账。"

"那就好了，所以我跟你爸一定要你读好书。"小红妈说。

"明天呢？"雪梅问。

"明天我早早上学，要带头！老师，我保证。"小红用很坚决的语气说。

雪梅和小红妈又谈了很久，夜已深沉，她才动身回校。小红妈把老师送出很远。

孺子可教

时间已是仲夏，农历六月初了。

平洋的地方，天气已无比炎热，人们在田间劳动，浑身汗如雨下。

坂坑、牛坑海拔较高，相对气温没有那么高，但在田间和山上劳动，也得浑身出汗。只有在荫凉处，在房屋里，人的感觉会舒适些。

仲夏是自然界万物生命力最旺盛的时候，山上的青松、翠竹都显得特别青翠，梯田里稻苗正在孕穗，菜园里的地瓜藤叶已经覆盖整个园圃，没有半点空隙。整个农村是绿的世界，绿得醒人眼睛，绿得沁人心脾，绿得醉人心魂。

学校后山的园圃种满青菜、豆类，满园青的菜、绿的果。

学校门前的操场边上，开学初昌大爷带领师生种了两排花苗，现在已长得粗壮葳蕤。红的花、黄的花、紫的花，昆虫、蜜蜂在花丛里飞来飞去，流连其间。

今天是星期六，上午上完三节课，老师布置同学们回家去，晚上抽空复习语文，背诵课文，默写生字，数学要做练习，白天要尽量帮助父母亲做些家务。

雪梅自己不安排政治和业务学习，打算给花圃浇水，给学校后山的园圃施肥，还得整理自己的内务。

午饭后，雪梅说："恩生，这个星期你就不用回去了。晚上抽空复习功课，下午你就玩耍一下吧！劳逸结合，稍微休息。可以到昌大娘家玩玩！"

"好！老师。我会自己安排好！"恩生说着，一骨碌转身出去了。

雪梅从校后门的水洼提水到操场边上去浇花。花丛的花在太阳的强光烤炙下耷拉着脑袋，经雪梅的清水浇灌后，变得精神抖擞，特别是木笔花，一树坚挺，玫瑰花，神采奕奕。

在夏天的骄阳烘烤下，雪梅汗如雨下，而端详着花朵，心中无比愉悦舒畅。浇花人何曾只用清水浇花，其实是用汗水，用劳动的汗水换来满园的花艳花香，换来宜人和醉人的环境。她一边洒水，一边回想，这几个月来自己的每一天教学都像挑水浇花一样辛苦，而孩子们也像花朵一样成长，饱满的花蕾含苞待放。

她是经过插队劳动锻炼的，粗活重活都不在话下。后山园圃青菜、豆类需要施肥，她就把厕所的粪尿挑到园地上去浇灌。等施好肥，已是浑身湿透。

她回到厨房，正要烧水洗漱时，赛容妈匆匆忙忙地跑进来，神色慌张地问道："老师，我的赛容有没有来学校？"

"没有，没有看见。我吩咐同学们回家去帮父母做事情。"雪梅下意识地回答。

"那我的赛容不见了！"赛容妈紧张起来。

我的恩生呢？是不是在昌大娘家？这时，雪梅突然想起恩生，心里也紧张起来。

"大家分头去找！别紧张！"话是那样说，但雪梅心里已是怦怦跳，"赛容妈，一家一家问。"

雪梅三步并作两步赶到昌大娘家。

"大娘，有没有看见恩生？"

"没有啊！"

"我叫他到你家玩，来过吗？"

"没有来过呀！"

"赶快，帮我去找！赛容也不见了。"雪梅这时焦急起来了。

雪梅有些紧张，心一直跳得怦怦响，但还是勉强镇静下来，她知道，她一乱，那些妇女们更是六神无主。她转身又去别处问询，都没有获得消息，在转弯处又碰见了赛容妈。

"老师，找到恩生了吗？"

"没有。"

"你找到赛容了吗？"

"没有。"

两个人都一样的回答。

"哎呀！我的妈呀，赛容，你去哪里呀？"赛容妈说着哭了起来。

"肯定没什么！赛容妈，别怕！"雪梅只好故作镇定地安慰赛容妈。

"昌大娘，你再叫几个人一起找，没有人住的房屋也要看一看。"雪梅对昌大娘说。

大家都无比焦急，跑来跑去，马不停蹄。全村就那么大小二十座房屋，大家篦梳梳头发一样，一处都不疏漏。

突然间，昌大娘跑过来，对雪梅说："老师，两个都找到了！"

听到这话，大家都围向那座空置的老屋，赛容妈大哭大叫地冲过去。

"赛容呀！你这个傻女孩！"一句话出来，赛容妈满脸都是泪水。

雪梅心中无比紧张，脑筋发痛，但她强作镇静，这时听到昌大娘的报信，一下子身体松下来，没有力气奔跑了。

妇女们围着两个小孩问长问短。

"你俩怎么到这屋呢？"

"你俩做什么呀？"

"我们在读书，复习功课！"恩生沉着地说。

"我背书，写生字！"赛容腼腆地说，看着她妈妈。

"孩子，兔草也不去拔。"

"期末考快到了，复习来不及呢。"

"恩生，我没见你带书出去呀！"

"老师到园地去了，我正好回去拿书，你没有看见。"

"你这不懂事的孩子，惹人惊破了胆！"赛容妈说。

"你们不知道，大地方的人读书很厉害，我们不勤奋读书就比不上人家。"恩生已九岁了，才读一年级，人很成熟老练。

"大家不要骂他们，他们有志气，很勤奋！我还要表扬他们，谁说山村的孩子不如人！"雪梅抚摸着恩生的头说，"只是以后做事情要告诉家里人，免得长辈担心啊！"

雪梅带着恩生回到学校。紧张过后，她有些虚脱，全身无力，坐在那里久久不能起身，泡了盐开水喝，休息了好久，才恢复了精神和体力。她写信告诉梁平说："城里有些学生吃好穿好，上课读书却马虎不认真，常常玩乐忘事，而我们山村的孩子，粗饭淡饭，却求知若渴，自觉勤勉。孺子可教啊！我怎能不爱他们啊？！"

"两路"会师

期末，山坂学区举办全学区语数两门统考，各年级考卷由中心校出题。中心校以外的各校教师都很紧张，各科任都抓紧时间指导学生复习功课。

坂坑小学的学生很自觉勤勉。考前一周，拔兔草、采猪菜的家务劳动都停止了。午饭后、下午放学后、晚饭后的时间，他们都来学校读书，真是书声琅琅，绕梁不绝。雪梅心里没有底，惴惴不安。

考卷是学区派人押送来的，监考老师也是学区派来的。作为科任老师，雪梅无法知道具体的考题。

语文考试时间过了一半多一点，恩生就出来了。雪梅心头颤抖了一下，怎么不考跑出来？乱子大了！她一箭步上前。

"恩生，怎么了？"

"老师，我都做了，好做！"

"真的吗？"

"真的，老师。"恩生自信地回答。

雪梅压在心上的石头才落地，安稳地站在那里。

四十分钟过去了，一、二两个年级的学生都蹦蹦跳跳地离开教室。监考老师高兴地说："很好！都会做。"

"谢天谢地！"雪梅激动得流出热泪。

※　　※

学期结束了，学区召开了全体教师集训，在会上学区校长表扬了坂坑小学和牛坑小学的教学工作。

他说："这次统考，坂坑的杨雪梅老师、牛坑的肖春竹老师所任教小学一年级，考试成绩名列前茅。她俩不但教好小学生，还兼顾到成人教育。杨老师办了青年识字晚班，肖老师办了妇女扫盲午班。他们，包括牛坑小学校长林冬松老师，为偏远山村教育做出了突出的贡献。上级决定给他们奖励。"

台下的老师们听到这话，有些惊愕，怎么回事？难道中心校还不如山村校！可事实如此，言犹在耳，大家心里释然，会场响起热烈的掌声。

雪梅、春竹坐在那里有些难为情，手足无措的样子。坐在春竹身旁的林冬松则早已是胸有胜算的感觉，坦然地用力鼓掌。

会后，林冬松、肖春竹打算访问坂坑，杨雪梅无比高兴，表示热烈欢迎。

※　　※　　※

他们约定回校的第三天，冬松、春竹到坂坑跟雪梅聚会。

大清早，雪梅吃过早饭就到校操场外的村路口迎接冬松、春竹。她跟春竹都是民办教师，都在这偏僻的山村任教，这次一起受到表扬和奖励，两人之间人同此心，心同此理，萌生出知己的感觉，有许多共同语言。

仲夏的上午，天气晴朗，一会儿，冬松和春竹爬山越岭出现在村口。

"欢迎二位！喜从天降！"雪梅张开双手，紧紧地把春竹拥抱，似乎在说"相逢何必曾相识"。

"这就是我们'两路'会师啦！"冬松看着两个女人亲热相拥，高兴地喊出这句话。

"我俩早早就动身了，早上的太阳不会那么炽烈。我们那边下山要四十五分钟，过了桥，爬上通天岭，到你这里足足爬山一个多钟头。"春竹说着，用手帕揩去额头上的汗珠。

"辛苦了！辛苦了！难得的朋友！"雪梅激动地说。

"什么辛苦，你以为做什么，我们已习惯了爬山越岭，不当一回事。"春竹很自豪地说。

"先参观一下校舍吧！"冬松边走边说。

"好！先看看，这中间是大厅，我们所谓的礼堂。右边两个房间是两个教室。左边便是厨房和卧室。大厅上布置一个《学习专栏》，专门张贴学生的优秀作业，让同学们相互借鉴。"

"啊！专栏上的硬笔书法还很工整，那字写得像刻出来的一样。"春竹边观赏边称赞。

"你有种菜吗？蔬菜够吃吗？"冬松插进来问。

"你看！"雪梅指着学校后门坡地上的园地说，"坡地上的几畦绿油油的菜地，那是我们的'劳育'园圃，师生一起种植蔬菜、豆类。我和同学们一起采摘青菜，煮熟了，分成一碗一碗的，一人一碗。孩子们吃自己种的菜津津有味，体会劳动能养活生命，劳动是人生的第一要素啊！"

"这一项，我们没做到。我们种菜是单纯解决伙食问题。"春竹有些遗憾地说。

"自己吃的青菜，乡亲们送的就够了。我这里只有两个人吃。一个我自己，一个寄宿生。"

"我们山村的环境很好，日中闹，夜里静；人气闹，心里静。这是教学做事的好环境，特别是群众的热情，叫人舒服。"春竹深有感触地说。

"差点忘了，这是我岳母从 F 市寄来的阳春面和干肉燕，特意带来，我们三个人中午聚一餐。难得她老人家的好心，这礼品今天派上了最有意义的用场，成了我们庆功宴的主菜。"冬松打开背包风趣地说。

"太谢谢了！青菜我这里很多，昨天我采摘了一些来了。大娘给我的红酒醇厚、味香，请你俩品尝一下。"

"人生不可料测，怎么想得到我们会在坂坑聚会！"冬松用奇异的目光看着春竹。

"抓住当下，享受人生。人生几何？去日苦多。"

春竹说这句，她是确有真情实感的。

"好！你俩是天外来客，我没有东西好招待你俩，先喝茶吧，前会儿刚泡的。你俩爬山越岭来，对我来说，情深义重啊！"雪梅引导冬松、春竹到饭桌边坐下。

"这次考得这么好，这是我们两校旗开得胜呵！值得庆贺！不过，荣誉也是负担，下学期还得考好，不然人家会说我们歪打正着，碰运气，没真本领。"冬松说。

"我们花了大力气，有劳有得，老天不负有心人。教学是师生双方的事，好在这里的学生实在好。这里，外来教师长期办不好学校，其实家长和学生都寄希望于读书，求知若渴。这是教学成绩好的首要条件。"雪梅接着说，"当然，老师肯定要吃苦耐劳。"

"教学业务，冬松给我很大的帮助。"春竹借此机会对冬松表示由衷的感激。

"我在这单人校，只能靠自己，自力更生啊！"雪梅朝着春竹自嘲似的说，脸上略呈腼腆的表情。

"教学业务我当你俩的参谋。不用担心，你有需要，我会过来帮你出主意。"冬松自傲地拍胸脯说。

"那太好了！"

"我们是同一战壕的战友啊！"春竹拍一下雪梅的肩膀说。

"你俩真好！不但是同事，而且是夫妻，你俩可以把婚姻和事业融合在一起。别人在办公室讨论的教学内容，你俩可以在家里交流商讨。这是你俩得天独厚的妙处。我很羡慕你俩！"雪梅说得很动情。

今天，冬松的心情特别好。毕业出来这么多年，一个人孤军奋战，形单影只，今年他跟春竹结婚，成立了家庭，而且女方有文化，有了小工作，两个人夫唱妇随，形影相伴，生活得乐滋滋的。春竹高中毕业，文化蛮好，工作能力很强，这次统考，学生成绩优异，使得冬松心中如糖调蜜。由于心情好，冬松的话特别多，在两个民办教师面前，他俨然一个导师侃侃而谈。

"啊！说着说着，我忘记办午饭了。"雪梅猛然记起。

"好，动手吧！我主厨，煮阳春面，肉燕盖面。"冬松说着走向灶前，掀起锅盖。

"我这里有大娘的红酒，炒青菜、炒鸡蛋好吗？"雪梅说着，到灶门起火。

"好，我们不在乎吃什么！你意好，井水也会甜！"春竹忙给冬松打下手。

三个人，你烧火，我洗菜，他下锅，很快把面食、酒菜摆出来了。三方坐定，谈笑风生。

"你俩吃饱啊！爬山越岭，体能消耗很厉害的。"雪梅说，

"没有好东西招待你们，主人倒吃客人的了。"

"别那样说！为我们的胜利干杯！"冬松给各方斟了酒，举杯提议。

"干杯！"三个人异口同声，接着不约而同地鼓掌庆祝。

"如果你男友来，我们四人就凑足一桌，可惜他没有来。"春竹临时想到。

"他那边工厂没有暑假，请假来也不容易。"说到这事，雪梅未免心中惆怅。她和梁平两人相距几百公里，各自全神贯注于自己的事业，经营爱情的心机便少了许多。她平时关照对方、嘘寒问暖的情节很淡薄，这使对方缺乏爱的熏陶，她自己心中不安和负疚。

这时已是仲夏，大自然炽热如火炉，在田野里劳动的人们挥汗如雨，浑身湿透。此刻，他们三人在山村的校舍里座谈，凉风习习，清爽舒适。他们谈着古往今来，家长里短，广阔天空，可谓"良辰、美景、贤主、嘉宾"四美兼备。特别是冬松，学问最高，思路最广，说着说着，灵机拂拂，清辩滔滔。

"我在此感谢我岳母寄来阳春面和干肉燕！"

"看你，酒足话多，又来扯淡！"春竹露出娇嗔的神色说。

"不是扯淡！你来了，林老师有了家庭，精神爽朗起来了。"

"还不是吗？教育事业要搞，家庭也要，没有岳母，哪来老婆？"冬松半说半笑的样子。

"我祝愿雪梅和男友早日成家，祝愿雪梅的教育工作和爱情婚姻双丰收。这是我这个姐妹的由衷之言。"

"爱情也需要，但工作是第一位。"雪梅心中的最重要位置还是让给工作。

"好！说到教育工作，我们到这最偏远的山村搞教育，很有意义，值得自豪。"冬松凝思了一下，"小山村，文化不发达，靠我们去开拓，去改变它。在这里搞教育，就是开发民智，传承民族文化，提倡科学，反对迷信，创造文明。你们两个城市女子肯到这里来，犹如西方的传教士到蛮荒地带传教布道，给土著带去福音。我不敢说你们有什么伟大，但你们是坚强的、能干的，生命是有意义的。这一点，毫不夸大其词。"

时间过得真快，谈谈笑笑，不觉到了下午 3 点钟。

"冬松，我们该动身回牛坑了。"

"雪梅，你什么时候动身去 N 市？"冬松问。

"再过两三天吧！跟梁平有半年没见面了。到那边，有空时也看看有关教学的书，进修一下业务。春竹，你俩呢？"

"我俩回 F 市，在我娘家一周，到他家一周，随后还是回牛坑。牛坑清凉、安静，好好地度一个暑假。"

"好啊！两路人马会师之后好好休整，下学期再上征途。朋友，攀登新的高度吧！"冬松大声高呼！

三人又一次举杯，一饮而尽，酒杯满满，化作满满的信心。

依依惜别　师生情深

暑假转瞬结束，新学年开学前，全县公民办教师集中仙阳县城开会，总结上学年工作，布置新学年任务。县领导在总结中表扬了偏远山村的民办教师杨雪梅和肖春竹。会后，她俩干劲倍增，工作热情澎湃。

雪梅回到坂坑，很快就完成了招生任务，进入正式上课。小学生在家里度过了一个暑假，正向往着学校的集体、热闹、有趣的学习，重逢在一起，心情无比欢愉和激动。

事有意外。开学才一个星期，雪梅收到梁平从 N 市发来的电报：病重，速来。电报是发到山坂学区，由学区转来的，坂坑不通电话，无法对外联系。但是这里刚刚开学，一切初上轨道，这个单人校，雪梅一走，教学工作全面陷入停顿，怎么向家长交代？叫学区给这里派代课老师，根本不可能；牛坑跟坂坑相距的路途挺远，叫林冬松、肖春竹伸手相帮，也是心余力绌。雪梅心中像一个车轮一样不断转动着，烦躁得很。

雪梅很为难地对昌大爷说了情况，探一探昌大爷和家长们的反应。昌大爷毫不犹豫地回答："你当然要请假去！梁同志生病是大事情，你得去照顾。这边学校的事情，你不用担心。我和小丁会把孩子们组织起来，小丁也会教几个字，我会给孩们讲故事。"出乎雪梅的意外，昌大爷如此鼎力支持她请假，她激动地说："一开学就请假，没有把开学工作做好，对不起家长和学生，我心里不安。"昌大爷挥手说："别那么说，多少年来，只有你杨老师全心全意、全力以赴为我村办学，为坂坑教育做了许多好事，你请假几天，有什么不可以？我们这里人会那么不懂道理吗？"雪梅说："我急着要去照顾梁平，但又放心不下这边。如果因为私事，耽误了孩子们的学习，我这个老师对不起家长们的期望。"昌大爷说："你去吧！祝愿梁平同志早日康复，你早去早回。"雪梅很感激地说："那学校的事，你和小丁能够支持一下，我就放心去。到那边，等他病情略有好转，我就回来。"

回到房间，雪梅的心又彷徨起来，此刻梁平怎么样？发烧到几度？能不能进食呢？能不能起床坐卧呢？心急如焚，无船过渡。一边又想到学生，恩生要寄到昌大娘那里，在她那里吃睡，恩生会不会习惯呢？赛容读书很起劲，会不会松懈下来呢？小敢会不会变得调皮？小红会不会继续进步？一连串的问题在她脑海里盘旋着。她辗转反复，滴滴答答的时钟声伴着无眠的她。

第二天一早，雪梅把恩生安排清楚就准备出发，走路到山坂乘汽车。

"老师，你慢走，早些回来，好吗？"昌大娘带着恩生站在雪梅身边说。出乎雪梅的意料，恩生并没有难过，走过来拉她的手，很亲切的样子。

"你好好地跟奶奶一起，要听奶奶的话。"雪梅抚摸着恩生的头说。

"好！我等你回来，老师！"

"你放心吧！老师，你看这孩子多乖！"

"奶奶，老师很快就会回来！"

昌大爷、昌大娘微笑地看着孩子，两老听着师生的对话，感到师生之间情同母子，亲密无间，心里高兴。

过了一会儿，小红、小敢、赛容、春燕、珍珍等同学都来送行，他们团团围住老师，有的问老师去几天时间，有的问老师什么时候回来。

"老师，那边叔叔病好了，你带他来这里玩耍吧！"小红俏皮地说。

"我们这里有竹笋吃。"

"你爱他，我们也爱他。"小敢就是敢说。

"老师去了吗？"淑钗在校门外边跑边喊。

"老师还没走。"恩生回答说。

"老师！"淑钗边喊边跑进门，"我妈说……这两个蛋给你……给你路上吃。"

"谢谢你，拿回去吧！对妈妈说，老师自己有。"

"不！不！我坚决不！"淑钗涨红了脸说。

"老师，收下吧！物轻情重，这是家长和学生的一点心意。"昌大爷诚恳地说。

雪梅环顾孩子们，孩子们的一张张红润的脸像含苞待放的花蕾，她多么想自己化作甘霖雨露使他们滋长得更加健壮多姿。

送行的人越来越多，人群越围越大，几乎村里的男女老幼都聚集到学校里来了。雪梅来这里任教半年多了，她和这山村的父老乡亲生活在一起，产生了水乳交融的感情。如今，雪梅有要事要去 N 市，好像他们的亲人要出门远行一样，有恋恋不舍之情，有深情的送别赠言。

秀媚嫂从人群中挤到雪梅的跟前，握住她的手说："听说你有事去外边，昨天晚上，我就想来，可是幼小孩子拖累着，现在才来送行。祝你一路平安。叫你爱人病好后，来这里玩。"

宝英跟在秀媚后面，也挤上来，深情地说："我们坂坑青年妇女睁眼瞎，一个箩筐大的字也识不了几个，最没有用。全靠你杨老师办了识字晚班，我们才学了许多字，长了知识。我深深感激你！"

"杨老师，我们青年晚班一定要坚持，不但要学识字，还要学技术，科学种田，提高产量。我一直对你感激不尽。"陈幼俤说。

天已经不早了，太阳升得好高，雪梅急于上路，而乡亲们有说不完的送行话。她望着小孩、妇女和青年，望着年老的昌大爷、昌大娘，却有些舍不得离开。天真的儿童、诚恳的妇人、生气勃勃的青年、慈祥善良的老人，每一个人都跟她有着缕缕相连的感情。

"杨老师，动身吧！学校的事情，我们会安排好。我也会按照你的嘱咐到牛坑找林校长、肖老师商量。"昌大爷边说，边打开难解难分的局面，"乡亲们，有什么话等杨老师回来再说吧！——杨老师，我送你到山坂。"

"动身吧！杨老师，行李我来挑！"陈幼俤说。

"我没有什么行李，只有一个小背包，就是有行李，我也会挑。你们不是看见我挑行李来的吗？"雪梅巡视了一下众人，"大家回去吧！昌大爷，你不用送我，这路我走熟了。小丁同志，这几天你辛苦一下，白天教小孩，青年晚班也要坚持。"

"不用担心，我会做好！"小丁很自信地说。

大家把雪梅送到村口，雪梅把大家拦住，并辞谢昌大爷、陈幼俤、陈小丁送她到达山坂。大家伫立在村口，目送雪梅远去，好像从胸口拉了一根无形的线到远方。

雪梅恋恋地回首，奔走在弯曲的山路上，好像远嫁的女儿离开慈母一样，口里念着：

爱人啊！你病得怎么样？
我切望看一看你的模样。
但这里有我的亲人，
我怎忍心离开他们远行！

爱人啊！你我东北西南，
明日就可月亮团圆。
但我爱那山村和草木，
我的心又飞回他们的身旁。

爱人啊！你我是终生的伴侣，
你希望我厮守在你的身旁；
可师生的情谊山高水长，
我必须坚守在偏僻的山村。

二十四

一心挂两头

　　梁平病在床上，不能上班。工人同志们很关心他，厂医天天给他诊病，送药。同志们给他送茶送饭，领导们也经常来看望他，向他问冷问热。

　　雪梅来了，她对他的照顾比任何人都周到。梁平胃口不好，吃不下饭，雪梅就为他煮面条。梁平嫌面条油腻不爽口，她就给他煮甜稀饭。梁平想吃什么，雪梅就去弄什么给他吃。梁平没想到的，她也弄来了。梁平发烧时，她就给他做冷敷。夜里，为了侍候梁平，解除他的痛苦，她细心地守护在他的床前，只怕他有什么不舒服。他的病情一有反复，她马上到保健室厂医那里拿药。等到梁平安然入睡，发出均匀的呼吸声时，她才整理床席就寝。半夜，她还起床来备好开水，让他定时服药。凌晨，天刚拂晓，雪梅就起床了，到食堂去拿热水，买饭菜，然后自己放在电炉上加工，为梁平准备好早饭。这些日子，她忙得像陀螺直打转，睡得少，吃得少，整天从五更忙到深夜，她却忘记了疲劳和辛苦。她的心里只有一个念头，梁平的病痛就是她的病痛，应当竭诚地关心和爱护他，但愿他能够早日恢复健康，重新投入工厂里的战斗，为国家作出贡献。每当梁平病情恶化时，她就痛苦，焦急，不安；每当梁平病情好转时，她就轻松，畅快，口里哼着小曲。

在同志的关心下，在雪梅的精心照顾下，梁平的病很快好转了。他能够起床，到户外活动。

这几天的日子是很短暂的，但留在梁平的记忆中是无比深刻的。深刻的倒不是疾病的痛苦与卧床不起的难熬，而是雪梅对他的关心和照顾。这种真诚的友谊和纯洁的爱情像冬天的火一样给他温暖，像夏天的冰激凌一样使他爽快，像烙印在皮肤上一样永生难忘，像花岗石上的刻字一样与世长存。每当他在高热中，看到她匆忙的动作，听到她温柔的声音，他就勉强振作起来，想去上班工作，以出色的工作作为对她的最好报答。每当头痛厉害时，他看到她拿来药剂，端来甜茶，他就有力量强忍住骨碎脑裂的剧痛，以免引起她的难过，痛苦被强有力的爱情压抑住了，他想的是，甩掉病魔，投入战斗。

现在，梁平的病完全好了，反过来了，他作为主人，对他的客人无微不至地关心。饮食起居，他都注意到她的需要，给她最优越的款待。但雪梅不同意梁平的做法，她每每婉言谢绝他的盛情，她说，自己习惯了粗茶淡饭。

今天是星期天，梁平有空陪伴雪梅闲逛。他俩来到了工厂里最高的一座楼房的平顶阳台上来。

他俩站在阳台上，倚身栏杆向远方眺望，整个城市的市容都显现在眼前。N市最笔直最宽广的解放路的柏油路面上，人流如潮，车水马龙。各家店铺门前的招牌五颜六色，鲜明醒目。东面临江，码头上，轮船齐集，有的船只正在装卸，有的船只已升火开航。市西南，也就是梁平他们工厂所在的区域，烟囱林立，烟雾弥漫。

这个祖国南方的城市，火车的长啸，汽车的短笛，机房里的轰隆，市场里的喧闹，使人察觉到城市动脉的跳动和生命力的旺盛。

"梅，这市面多么繁荣呀！你来这里许多天了，我病着，都没有带你逛一逛，让你饱一饱眼福，看一看祖国工业建设的突飞猛进。"梁平穿着白衬衫，戴着金丝眼镜，那目光炯炯有神。

"是啊！我们农村要现代化，农业生产要机械化，要靠城市的支援。我看到了城市繁荣与工业发达，展望到将来农村的远景，心里是非常兴奋的。我们那个坂坑，不久的将来也会有拖拉机和发电站。"雪梅眺望远方说。

"我们的工业部门为国家创造大量产值，对支援农业起了巨大作用，单单我们这个通用机器厂，每年就创造几百万元的产值。"梁平饶有兴趣地说，"梅，远远那个，烟囱特别高大那个是化肥厂，我省几十县的大部分化肥都由它供应。"梁平用手指着远方，自豪地说。

"多走出山村来看看，可以使人精神振奋，我们的祖国真伟大，现在她像巨人一样屹立在世界的东方。"

"祖国工业战线日新月异！解放前，我们这个城市是个破旧的城市，只有几万幢木板房和几十万闲着无事做的居民。人们打趣说，灯火不明，电话不灵；春天水涝，冬天火灾，一切都不景气。解放后，这些年来，它改变了模样，街道改建了，工厂办起来了，工业发达了，消费城市变成了生产城市。过是死气沉沉，天昏地暗，现在是热气腾腾，欣欣向荣。"梁平透过近视镜把温柔的目光投射在雪梅的脸上，并凑近雪梅耳边说，"梅，你看到这些有什么感触呢？"

"出来看一看，看一看比我爸妈所在安市县城大得多的这个城市，得到一种鼓舞，一种力量；觉得我们应当更抓紧地工作，工业发达了，农业也应当快马加鞭地进步。我们在农村工作的人应当更抓紧。"雪梅满怀信心地说，"有工业的支援，我们农村粮食生产跨《纲要》，农田耕作机械化，在农村普及教育，消灭文盲，就不难了。"

"农村的条件还落后一些，基础差，所以进步得不那么快！"

他俩边说边走，从阳台上下来了，经过几座房屋，穿过几条走廊，来到一座大房屋前。

"梅，这跟我们宿舍相距不到二百米，这是厂办学校。我们进去看看！"梁平顿然心头激动起来。

"好，我真想看看！"

"多好啊！你看了就会知道。今天星期天没上课，我们详细看一看，老师多数是我们职工的家属。"梁平兴奋地用急促的语调说。

"这楼梯是水泥的，很牢固。"梁平不叫参观楼下，便把雪梅带到二楼来了。

雪梅细心观察着教室的陈设和墙上的图表布置，她对这些很感兴趣，认为从这里头可以学到许多经验带回去。

"你看，这窗户，玻璃有两种，上面是三公厘的透明玻璃，下面是磨砂玻璃，透光而不透明。"

"这样的光线多好呀！可以保护儿童的视力。"

"是的，这样的教室比我们县一中的教室还高级。"雪梅赞赏地说。

"是啊！这就是窗明几净的房间呀！在这样的地方教书多舒服！"梁平赞不绝口。

　　雪梅饶有兴趣地东看看西看看，认真观察着墙壁上的专栏和《学习园地》，她想从学生作业了解这里教学工作的进度以及学生们的知识水平。她是个从来虚心学习的人，到了大地方，多么想能够学到一些同行们的经验，带回去更好地开展教学工作。她心里急着要回去，再也无心在这里闲逛。

　　这几天，雪梅很想念坂坑，她急着要回去。她的心一阵一阵地狂跳起来，恩生寄在昌大娘那里，生活会不会习惯呢？夜里跟大娘睡觉会不会合得来，会不会醒过来？小丁和昌大爷会不会维持得下学校秩序呢？一连串问题在她的头脑里萦绕不绝。昨天夜里，她疲劳地睡去……她回到了坂坑，看到小敢站在村口迎接她，她高兴地跑过去，把小敢抱起来。醒来了，原来是一场大梦。

　　雪梅好几次要动身回去，梁平都挽留住她。一天拖一天，她在这里又待了好几天。

　　晚饭后，梁平带雪梅出去散步了一会儿。回来后，他俩倚着宿舍的栏杆，眺望西天绚丽的彩霞。梁平想，夏天的黄昏是最美好的时刻，在公园里散步，在街上溜达，跟雪梅并肩齐步，低头密语，是多么称心快意的事。阵阵的晚风使人凉快、清爽，为人们消除一天的疲劳。西天的彩霞映入人们的心田，装点起人们的理想与希望。城市的银白街灯，翠绿的街树，造成了朦胧神秘的夜景，使一对对漫步在街上的卿卿我我的年轻人更富有生趣。唉！可惜，雪梅急着要回去，不能再陪伴他领略这些风光了。

　　雪梅倚着栏杆，默默地望着万朵云霞，心里却是另一番情景，她想的是云霞底下的坂坑，昌大爷可能在屋前乘凉、抽烟或动身去夜校指导。陈小丁早早就到了，先点起油灯，等待青年男女们来校上课。山村的夏夜是清凉的，蚊子不多。她多么想身有双飞翼，飞身回去看看。

天渐渐暗下来了，夜幕降临了。他俩回到了梁平的宿舍。"梅，明天，我去剪一段日本的确良给你。"梁平一边喝茶，一边说。

"不用了，我习惯了棉布，我们那边的女同志都不会赶时髦。"

"你也太不讲究，我们青年人，时兴的东西穿穿也是需要的。"

"我们何必在生活上追求享受，衣食住行方面跟人家赶时兴呢？什么时兴的穿戴都不会引起我的羡慕。"

"我不是追求时髦，我是讲我们也可以穿好一点。"

"等大家都穿好了，我们穿好还不迟呢。"雪梅说。

"是的，在我们这里，确实经常可以看到一些衣冠楚楚、一事无成的懒汉懦夫，他们连上班也上不好。"梁平说到这里倒有些愤慨起来。

他俩又是不着边际地漫谈了许多事情。梁平虽然发现雪梅跟他的见解往往相左，但不反感。他很高兴地谈，越谈越有兴致，什么现代的技术进步，什么地理知识，什么外地琐闻，他都谈得滔滔不绝。而雪梅呢，这时她谈得很少，她记挂着坂坑。

"我打算明天回去。"雪梅带着焦急的心情说。

"多玩几天吧。"

"我来这里好些日子了，回去又有很多事情要做。哪能一天天玩着？"

"梅，你在那边总算是劳苦功高的，而且你决心将来还为他们服务。现在在这边多逗留几天有什么对不起群众呀！群众是通情达理的。"

"我们自己要自觉搞好工作才行！"

"当然，我是讲，你工作得很好，很对得起他们了。"

"不能有对得起他们的想法。应当有'以天下为己任'的责任心，认识到自己的历史使命，就去身体力行。认为群众对我好，就多干事；自己干了一些事，就认为还敬了他们的善意，这都是很浅薄的认识。"雪梅从床沿站了起来，挥着右手说。

"你说的也对，我说的是，你总算无愧于心的吧！现在也有那么一些人，领着工资不干事，人虽到班，心不上班，那是很坏的作风。"

"你看到这些不良现象会愤慨起来，这是你的优点。"

"当然，这些大道理我都懂得。你不能把我的话看成那么自私透顶，我是好意留你的。唉！你总是不很理解我呀！我所说的话，都是人之常情呢。你往往把我的话误解了。"梁平很焦虑地说。

"你想想，我多住在这里一天，坂坑的教育就少一个人办事，有很多事情就荒废着呢。他们肯定盼望着我早些回去，他们也跟你一样热情地盼望着我！"

"好了，好了，那你明天走吧！我理解你了！"

"我要你跟我一起回去看看呢。"

"我真想去，但是我刚病好，工厂领导会不会说我爱跑！"

"你去一下，对你有帮助吧。你从思想上会更理解我的，这一趟不会白跑。"

"哪……我去办理一下请假手续。"

正当梁平和雪梅谈得很热烈的时候，厂党委张书记来了。

"梁工程师，这几天身体好些了吗？"身材高大的张书记站在门口说。

"请进！请进！"梁平站起来迎接，"好了许多！好了！"

"注意休息，调理调理身体吧！前一段时间你太辛苦了，研究那项技术。"张书记边说边走进来。

"张书记，近来忙吗？"雪梅倒了一杯开水递过去说。

"说忙也忙，大搞生产，事务很多。小杨，这几天照顾梁工，你辛苦了！现在可以休息几天。"

"张书记，我那边学校还停着课呢，我得赶紧回去上课。"

"你这种想法很好！是个好教师啊！小杨。"张书记说着，两眼闪烁着赞赏的光芒。

"张书记，梁平要请假到我那边几天，去看看我那个学校，接触一下广大农民群众。然后，他才会理解我为什么急于回去。"雪梅顿了一下说，"他还很不了解农民群众的需要啊！"

"张书记，让我去看看吧。或许能得到很多的教益。"

"去吧！去吧！到农村去看看，对于搞好农机设计会有很大帮助的。顺便了解一下山村需要什么型号的农机。我们工厂要支援农业，就要了解农民的需要。"

"那太好了！张书记，你真关心我们，也很关心农村。"雪梅拍着手说。

"我们应当全面地考虑，想到工业，也要想到农业。"张书记很有节奏地说。

梁平和雪梅会意地点头。

"书记，那明天我就去她那学校看看！"

"祝你俩旅途顺利！"

二十五

两人两地　同心同德

　　雪梅带着梁平回到了坂坑村，许多教学工作挤满了她的日程，她像一个绞紧发条的时钟一样，日夜奔忙起来。梁平看到雪梅忙，也就自动地帮忙来了。他帮助她做饭，改作业，也帮她上音乐课。日班学生和夜班青年都亲切地喊他"梁老师"，有几个青年还亲昵地叫他"老梁"。每当雪梅有事情到村上时，梁平就在学校里辅导学生。梁平是个童心未泯的青年，他跟学生们相处得很和谐。学生们有什么不懂的地方就请教他，并且跑到他的面前，拉拉他的衣角，动动他的手，要求他解答；他会很耐心地讲清每一道题目。有时，他带领学生们在树下荫凉处做游戏，什么丢手帕呀，捉迷藏呀，找朋友呀，孩子们玩得趣味盎然。孩子们天真地说："梁老师，你现在不要去工厂了，就留在这里教我们。"他给孩子们教了好几种游戏的花样，教了好几首歌，但是孩子们并不满足，仍然要求他再教新的。随着对儿童的教育、对教学工作的深入了解，梁平感觉到儿童的可爱与山村教育工作的乐趣，理解到普及教育的重大意义和雪梅热爱山村教育的原因。

　　雪梅看着梁平整天跟孩子们打交道，看着他跟孩子们趣味相投，想到梁平定会渐渐理解她的事业和她的感情，心里乐滋滋的。

　　听到雪梅己回校，还带着她的男友老梁，林冬松特意抽空从牛坑到坂坑来探望。

　　冬松走得满头大汗，气喘吁吁地从操场的角落慢跑进来。

　　"雪梅，老梁来了吧！"冬松大声地喊。

　　"是的，林校长，他来了！"

　　"我特意来问候问候！"

　　"老梁，林校长来了，从牛坑来。"雪梅说。

　　"您好，林校长！"梁平从房间里出来，迎上前热烈地握手。

　　"我是冬松，常听雪梅说起你。"冬松自我介绍说。

　　"春竹姐怎么不来？"雪梅问。

　　"你知道，六个月身孕，不便走动，叫我代替她。"冬松笑呵呵地说。

　　冬松和梁平相见如故，就在饭桌边坐下漫谈，雪梅忙着泡茶待客。

　　"林校长，雪梅在这里多亏你俩关照。"

　　"哪里，哪里，大家都是外地人，在家靠父母，出门靠朋友。我们是同一战壕里的战友，理当互相关照。"冬松很坦然地说。

　　"业务上，我都靠他俩相帮！"雪梅谦虚地说。

　　"没什么。你也是老教师了，很有工作经验，教学成绩优异。"

　　"老梁，你知道吗？林校长大学毕业，是我们学区的智多星呢。"雪梅含笑说。

　　"我知道，老梁是工学院的，正牌的。"

"哪里,哪里!好在我是六六届。在机械系整整读四年,功课还比较完整。"梁平说着,显得十分自信。

寒暄之后,话题渐渐转到工作和生活上面来。

"老梁,雪梅在这里工作,你满意吗?"

"我观察到,她在这里全心全意全神贯注地工作,精神很充实,虽说太忙一些。我来这里才几天,觉得孩子们确实很可爱。"

"孩子们天真活泼,热情好学,叫你舍不得离开他们。"雪梅补充说,"我请假去 N 市看望老梁,他们老念着我,我也想念他们,心里慌得很。"

"她学历低一点,专业不够强。"梁平说。

"这倒是。好在有什么疑难,可以向林校长请教。"雪梅看着冬松说。

"实践出真知。她有丰富的教学经验,有很强的教学能力,不然怎么会多次获奖。不过,下学期可以参加师范函授,取得文凭,得到认可就好了。"在冬松看来,雪梅虽只是初中毕业,但实际上不比师范生差,"你俩就是两人两地,距离远一些,不易早晚相聚,互相照顾。"

"那倒问题不大。我们年轻人,多数人是不在一起工作的。我也曾想叫她到我们厂当工人,厂办学校是企业合同工,但她高兴在这边,也很好。"

"这边学区我已人热地熟,熟门熟路,工作起来左右逢源。"雪梅接着梁平的话头说。

"春竹也是这样说,这里学生好、家长好,工作起来得心应手,精神舒畅。"冬松补充说,"还有,像雪梅这样有省级表彰,家庭成分没问题,很快就可以转正,转为公办教师,就是全民所有制,比工厂的合同工还强呢。"

　　"我跟雪梅虽隔山隔水，只要两个人能同心同德就好了。若是两情能长久，又岂在朝朝暮暮。我俩没必要如影随形地过日子。"梁平看着雪梅的脸说。

　　"人的生活，其实有两个世界，一个是物质世界，另一个是精神世界。物质世界，是生存和温饱；精神世界有两种人，一种人是享受富足而不思作为，另一种人是艰苦奋斗而乐观，也就是乐天吧！我们在山村办教育的人，物质上只求温饱，不求奢华，精神上属于第二种。在偏远山村办教育的人，就是教育文化事业的开拓者，筚路蓝缕，以启山林。这坂坑小学，几进几出，几起几落，只有到了雪梅才办个像样的学校。她，物质比较贫瘠，可精神是高尚的啊！"

　　"林校长，你对我过奖了啊！"

　　"林校长，你讲得很有哲理，我是耳目一新呀！听你讲话，好像清泉沁入心脾。"梁平很动情地说。此时刚好从田野吹来了一阵凉风，给秋的沉闷带来清爽。

　　"我们学区也就他是大学生，有理论。"雪梅称赞说。

　　"我讲得很实际吧？我们做我们应做的事情，不跟城市人比生活，温饱足矣！"

　　"我虽然在城市工作，却向往农村的安宁、祥和，我赞赏她的行为，赞同她在这里工作。"梁平说的是真心话。

　　"我看，你能不能从 N 市下调到我县，到县工业局或县机械厂，科长、厂长、总工（总工程师）任你挑。你这个机械系的本科生在这里可以大有作为，在仙阳县工业界是鸡头。雪梅不好意思提，我帮你到县工业局、县教育局说去。"冬松把握十足说，他这个人大大咧咧的，什么领导都敢找。

　　"我呢，我不愿当什么长，还是搞技术为好。调来了，家可以安在县城,雪梅每星期回家一次就好了。"梁平被冬松一说,脑子里突然涌现这种前景。

"那是,一星期回家一次,小别胜新婚。"冬松的话使气氛活跃起来。

"林校长还天天跟春竹姐一起呢。"雪梅也来了一句幽默。

"要献身教育,也要一个温暖的家。这是人之常情。"冬松大声起来,似乎要让更多的人听到。

"就是,调下来也是一种办法。"梁平若有所思地说。

"年底先登记结婚就是了。我等着喝喜酒,春竹等着当伴娘!"冬松拍着掌说。

接着,他们还谈了当地风土人情和家常琐事。从中午起,谈了三个钟头,林冬松又一阵风似的离开坂坑回牛坑去了。

结婚,建立一个小家庭。这样的想法在梁平和雪梅的脑子里像一个轮子一样转动着。种子落地,从春到夏,从夏到秋,秋末就来收成吧!

今夜,青年夜班已经下课了,很多学员都回去了,陈小丁、陈幼俤、李时林、林小龙他们都到雪梅的房间多玩耍一会儿。

"梁老师啊,你还在帮杨老师改作业哪?"陈小丁看了看坐在桌前的梁平说。

"一年级的作业,很简单!"梁平回答说。

"他这几天改得有兴趣了。"雪梅在旁边插说。

"梁老明天就要走了,真可惜!多留几天多好!"李时林说。

"我也想多待几天,但那边工作还很多呢。"

"以后要经常来呀!只是我们这里没有好吃的、好玩的。"李小龙说。

"哪里，哪里，这里是好山好水好地方哪！这里的水多清澈，像蜜一样甜。你这里，什么山珍、什么佳肴都有！"梁平把笔放在桌上，又说，"我争取有空就来看看你们，那时，你们的文化程度一定又提高许多了。"

"明年，我们队要买拖拉机，买最小型的，我们山区要用小型的。"陈小丁心里乐呵呵地说。

讲到拖拉机，小山村的青年们无不眉开眼笑。

"请到我们厂来，我负责帮你们选购！"梁平高兴地说，"我教你们开拖拉机。"

"那你真的支援我们农业了。"

"来到这里了才知道你们的需要。"

"所以说，你们也要到农村来了解调查，体验农民群众的感情。"雪梅说。

"真的，真的是这样！"梁平说。

这时，昌大爷来了。他笑眯眯的，似乎心里有一种莫名的快感。

"大爷，坐吧！"雪梅端着凳走过来。

"这么迟了，你还没有睡，大爷。"梁平说。

"我看这伙青年人干劲冲天，白天生产，夜里读书；老师白天教书，夜里还要教书，我也不能闲住了。"他边说边从腰间拿出旱烟管来。

"大爷，明天我就回去了！"梁平说。

"多住几天吧，小梁。"

"那边事情可多呢。我看着你们这么忙，我还能把工作扔在一边，人到这边来偷闲？"梁平感触很深地说，"社会在前进，连我们这个小山村都变了样。我们的思想不能落后于形势了。"

"小梁，你对小杨留在这里有什么意见？"

"没有！一点意见都没有！为了农民群众的需要，她应当留下。"梁平激动地说。

"这样说太好了！"昌大爷、陈小丁等几个人不禁异口同声地喊出来。

"什么太好了呀？"门外传来一个人的声音，大家注意看时，才知道那人是宝英。宝英年纪才二十五六岁，她手里提着一包东西。

"我说，你来得太好了！"陈小丁幽默地说。

"听说梁老师明天就要走了，我们想来送行。秀金嫂带着孩子没法来，大家让我来当个代表呢。"

"太谢谢你们了，我来这里玩耍，回去还要你们送行，怎么当得起呢？"梁平感激得热泪盈眶了。

"梁老师，这些山区的笋干你带回去，让同志们尝尝新！"宝英顿了一下说，"这几天天那么热，你和杨老师晚上还教我们读书。"

"大家学习干劲大，热火朝天！我们教一教有什么呢？"

"难得！难得！"昌大爷称赞道。

昌大爷、夜班的几个青年又谈了一阵，昌大爷劝梁平早些休息，明天好上路。之后，大家都戴月归去了。

雪梅的房间里，恩生早已酣然入梦，发着均匀的呼吸声。雪梅和梁平在灯下忙了一阵，把学生的作业批改完。

"你早些休息，好吗？"雪梅说。

"不，今天我的心很不平静，躺下去也是不易合眼的。我俩到外面去凉爽凉爽吧，很难得这山村夜话呢。"梁平说。

于是，他俩带着板凳到大门外的操场上来了，在小松树旁边坐下。

这山村的夏夜是人间的胜境，凉风微微地吹拂着，带走了一天的暑气和闷热。月亮的光华如水银般向大地倾泻，看到那朦胧的月色，就会察觉到夜的温柔和神秘。乡村那两排房屋静静地排列在那里，没有传来杂沓的人声，人们都安详地睡去了，已进入了梦乡的深处。乡村四周的森林在朦胧的月光底下显得青青黑黑的，蓝色的夜雾像一块轻纱飘忽在树林的上头。田野里，那条贯穿东西的小溪涧流水充沛，淙淙铮铮，像谁在哼着小曲。田野里，中稻成熟了，呈现出一片金黄色，预示今年有个好收成。

雪梅凝视着田野，感到坂坑的中稻丰收在望，也感到自己的工作有了一些成绩，生命过得很充实，并不虚掷韶光，是很值得欣慰的。

梁平细心地巡视了这翡翠般的山村，觉得这山村是个天然的公园。自然界是美好的，山村是美不胜收的。他抬头仰望天空，今夜十五，月亮圆满，天空瓦蓝瓦蓝的，明净如洗，一尘不染。此刻，他的心也像这长天一般开朗洁净。他不再留恋于团聚，伤悲于别离；不再计较个人的得失，不追求物质的享受。

"梅，来这里几天，我很有收获，实是胜读十年书。我体会到自己过去所想的、所做的，确实都隐隐约约包含着个人因素，不像这里的农民群众，那么纯朴自然。"梁平深有感触地说。

"你想通了，你理解了我的心情，我是多么高兴啊！"

"我看到这里的农民群众多么热情诚恳，这里的孩子们多么聪明伶俐，山村的教育工作不仅富有历史意义，而且富有生趣。我真想改行当个教员！"

"你还是当你的技术员设计师吧！社会需要分工，条条战线都需要英勇的战士，不同岗位上的工作都是为了社会进步。让你我在不同的地方，不同的行业，为社会贡献出青春活力吧！"雪梅大声地说着，那声音传到对面的山麓，山那边形成了回响。

"说到设计师，我们是设计车床、动力机。在某种意义上来说，你们也是设计师。孩子们在你们的教育下成长，而现在，你们把孩子们培养成有社会主义觉悟有文化的劳动者。所以，你们的事业似乎比我们的事业更伟大，尤其在山村办学，不计待遇，不讲荣誉，更值得敬佩。"

"昌大爷就是一个不计待遇、不讲荣誉的人。广大农民不怕烈日，广大工人同志不怕炉火烤烘，他们勤勤恳恳地劳动，为社会作出贡献。他们是值得我们学习的。我当一个教师，也应当有他们的高尚品质，几十年如一日，把自己的青春和热血献给教育事业。"雪梅望了望梁平，环顾了整个坂坑，说，"我应当留在坂坑，扎根，长叶，开花，结果。"

"我也应当回去，当好技术员、设计师，钻研各种技术，提高自己的业务水平。"

顿时月亮变得特别皎洁，似乎嫦娥正微笑地聆听他俩的谈话。他俩觉得月亮渐渐地变大了，那圆圆的一轮靠近了对面的山顶。广寒宫门开了，嫦娥姐姐舒展广袖蹁跹起舞，那舞蹈很哀婉，很忧愤。是的，嫦娥长住广寒宫，冷清，寂寞，毫无生趣，她看到人间百姓相爱相亲，自然万分羡慕，当她听到雪梅和梁平的豪言壮语时，嫦娥倒也思凡了。在天上，虽然可以解脱人间烦恼，却不如人间的人有旺盛的青春。仙界的规则不许她返回人间了，所以唐诗云："嫦娥应悔偷灵药，碧海青天夜夜心。"

"我爱教育事业，我也爱这山村。前不久，我写了一首诗，请你改一改好吗？我不会写诗的，大概情胜于文吧。"

"那你念来，让我听听吧。"梁平激动地说。他准备好聚精会神地听，要捕捉那教育事业赞歌的每一个音符——

> 我爱这秀丽的山村，
> 山这般翠绿而青苍，
> 水这般清澈而甜香，
> 人们呀，亲似我的爹娘。

> 我愿成为一块泥土，
> 天长地久跟山村相依傍；
> 我愿成为一株小草，
> 增添高原的风光。

> 我爱美丽的校园，
> 校园是多彩的锦缎；
> 苗儿们长得烂漫而芬芳，
> 每一株都那么健壮。

> 我愿成为一抔泥土，
> 增加校园的分量；
> 我愿化作雨露，
> 滋润花儿怒放。

雪梅直抒胸臆地朗诵着，那声音充满着对小山村的热爱，对教育事业的信心。她伸手紧握身边那棵小松树的树干，凝望对面青黛色的树林，心里饱含着自信与力量。

今天，梁平听到雪梅的纵情朗诵，那声音确实动人，那声音震动了他的心魂，他的心弦也发出和鸣。这时，他明白了雪梅的人生观，她已把一切都献给山村教育事业了。她爱祖国、爱人民、爱教育事业，愿意成为一滴钢水注入社会的熔炉，她愿成为一块砖头，嵌入社会大厦的地基。

他明白了，为什么雪梅不讲求吃穿，不留恋团聚，不怕山区的寒冷，不怕跋涉的艰难。他从内心深处仰慕她那种对农民群众大爱无私的崇高德行、那种对教育事业献身的精神。他为有雪梅这样的伴侣而自豪。

青天明月映入梁平的心中，他受到了一番净化，犹如云开见月，雨过天晴。他决心回到工厂去，迫不及待地回去，把自己的精力和热情投入祖国建设的熊熊炉火中去，让青春化为灿烂的钢花。

"梅，你的诗太美了，我无心欣赏这美丽的夜景了，我要进去准备行李！"梁平站起来说。

"为什么？你不凉快凉快？"

"我急着要回厂去！我要搞好工作，把一切献给祖国建设事业，才配得上你的爱。爱你，也就是要抛弃小我，献身大众！"

二十六

余 音

时代的车轮滚滚向前，人间的故事不断上演。

在偏远山村教书的青年男女，也有着他们的爱情故事。他们男欢女爱，不断擦出爱情的火花，终于达到大团圆的喜庆结局。

那年春天，林冬松与肖春竹喜结连理。

那年年底，正当春风送暖，爆竹声中杨雪梅与梁平终成白首之盟。

第二年，春竹生个男孩子，雪梅生个女孩子，两家都添丁大庆，欢天喜地。

第三年，梁平从N市调到仙阳县通用机械厂，当上总工（该厂的总工程师）。

第四年，杨雪梅以优异的教绩评上全国优秀教师，并转正为公办教师。

坂坑村青年陈小丁参加短期教学培训，当上坂坑小学的民办教师，成为杨雪梅的助手和同事。

十一届三中全会后，全国教育事业突飞猛进，民办教师转正的指标大幅度增加，肖春竹以优异的教绩转正。

1981年，林冬松考上名牌学校金城大学历史系研究生。他说，不但要教书育人，还要研究历史，"究天人之际，通古今之变"。

肖春竹工作绩效优异，成为学区的教学骨干，调入山坂乡中心小学任教。

到牛坑小学教书的教师教出了名堂，有了出息，人们都说牛坑村是"牛眠福地"。此后，老师们爱到牛坑教书，以为有"福地捷径"可走。

坂坑小学，杨雪梅、陈小丁勤谨教学，吃苦耐劳，绩效突出。他们的第一届毕业生参加全县初考，王恩生获全县第三名，在全乡镇排名第一；陈赛容被评为"县三好学生"。坂坑小学远近闻名。

这些在小山村教书的青年，勤勤恳恳地教书育人，都取得骄人的成绩，同时还组建了幸福的家庭。

种豆得豆，种瓜得瓜。种下教育长出人才，种下爱情收获幸福。

附记：

初稿（即本书的第一节至第二十五节）撰写于1974年11月至1975年1月。这次整理旧稿时，稍作改动，并添加上"余音"一节，成了现在这个文本。撰写初稿时，郑上膺老师曾参与部分章节的讨论。初稿完成后，林命健老师曾阅读全文并谈了感受。特此附记。

2019年12月3日

山村之夜

君玉来到亭岗小山村教书将近三个月了。亭岗村只有二十来户，过去没有办学校，村里孩子们得不到读书的机会。社会不断地进步着，没有文化的人是不能很好地适应现代社会的，甚至没有文化就不能生存下去。所以，小小的亭岗村也办起初级学校了。君玉到亭岗村教书，群众很热心接待她。他们把她看作传教士一样，把她看作真理的传播者，年长的人敬重她，孩子们喜欢她。她在这里如意地完成自己的教学任务，愉快地生活在一个新天地里。

君玉来时是早春时节，树木刚刚吐芽。转眼间，现在已到了仲夏，树木长得苍翠欲滴，田野变得绿油油的了。

下午4点多钟，君玉教完了功课，让孩子们回家去了。

5点多钟，君玉吃过了晚饭，冲个澡，就到野外来散步了。

乡村的格局是小巧玲珑的。几座房屋排列在山脚下。房屋背后的小山坡长满了翠绿的杂木，中间点缀着粉红的或玉白的山花。那一堆堆花朵是鲜艳的、夺目的。房屋面前是几亩平坦的水田。一条小溪从水田中间穿过，打了一个弧圈。

　　夕阳下，有几个小孩子在园地上拔草，有的小孩子把鸭子从小溪边赶回家去。房屋顶上冒着炊烟，燕子在空中飞来飞去。

　　君玉穿着玉白色的汗衫，手拿着麦秸扇在田野上走着，风迎面吹着她的短发、她的衣襟。农民们收工回家碰见她，就尊敬地向她招呼，并对她投来羡慕的目光。在这偏僻的山村，君玉的装束是很新鲜的，似乎就是现代化的典型。她初来时觉得山村窄小，氛围沉闷；过了一段时间她已经习惯了这里的山水人情，感到这小地方倒是山清水秀、玲珑雅致。此刻，她回顾村景，一切都容纳到她的胸中。她想，自己有机会居住在这小乡村不是什么不好的事情，而是幸福的、愉快的，她联想到一首唐诗：

　　　　清江一曲抱村流，长夏江村事事幽。
　　　　自去自来堂上燕，相亲相近水中鸥。

　　她觉得，这几句诗就是亭岗村夏天景象的写照，只是这山村洋面不如诗中浣花草堂所在地的洋面广阔罢了。

　　她的堂姐贵琴就在离这里五里路的山里村。上一个星期六晚上，贵琴来这边玩耍。她俩傍晚时还到山口外面去，观看宁德一带银灰的起伏的山峦。由于亭岗地势高，看下去，后垅就在深坑底下，她们的家乡川中就在烟雾朦胧的方向。人立山巅，极目四望真是心旷神怡啊！然后她俩就回到屋子面前的空地上赏月谈心。她俩谈到过去，也谈到将来；谈到工作，也谈到生活；谈到往昔悲苦的情绪，也谈到今日促膝交心的乐趣。甚至她俩也互相开着玩笑，笑得前俯后仰。

　　夕阳下山了，只留下东山顶上一抹余晖。

君玉回到村上，走到东家门前的空地上，三四个小孩子看见她就向她围拢过来。

"玉老师，你哪里来？"最大的一个、十岁的小莲开口问。

"我玩耍来！"君玉回答说，"你们呢？"

"我们拔兔草呢。"

"晚上你们要自己温习功课呀！"

"好！"孩子们异口同声地回答。

"玉老师，学多久才会写信呢？我哥哥在外面做工，我要写信给他。"小莲说。

"好好地读吧，读一两年就会了。"君玉答。

"老师，你要多教我！"

"我们敬爱老师，老师爱我们吗？"小孩子们说着，脸上现出诚意的表情。

"老师会爱你们的，只要你们肯用心读书。"君玉用和蔼的语气回答，她的脸上现出愉快的笑容。孩子们的天真稚气深深地打动了她温柔母性的心。

"你们赶快去吃晚饭吧！晚饭后读一会儿书，早点儿睡觉。"

孩子们听了君玉的话就蹦蹦跳跳地进房屋里去了。

她本来是为了生活才来这偏僻小乡村的，刚来时与乡村的方方面面都格格不入。但是近来，群众的热情、孩子们的诚意打动了她，她感到来这里是有意义的，在这些天真的可爱的孩子面前，她是极受尊敬的知识母亲，孩子们的活泼好学使她感到自己的工作很有价值。她不由自主地陶醉于山村孩子对她的崇拜，孩子们的母亲只能养大他们，而只有她能给孩子们精神的食粮，把他们带入理想的世界。

最近,她经常抽空到邻近的几个教师那里去学习教学方法,希望自己在业务上有所进步，不至落后于人，负担起自己的工作。

阳光消失殆尽了，夜幕垂临，十四五的大月亮从东山背后笑盈盈地露出面庞。月光像水银一样向山村倾泻下来；晚风轻轻地吹着，暑气渐渐散了，身体爽快得很。

君玉望着一轮圆月，心里有一种无名的欢乐。这次她离开家乡，离开父母，但没有一点儿不舍之情，相反的，她明白，一个女孩子能够离开家独立生活，这是很自豪的事情。自己用自己的劳动收入供养自己，不用依靠父母兄弟，这表明自己成为一个独立的人了。就是将来，找到丈夫也不必依靠男人。她望着月亮，联想到近来的生活，觉得心情很舒畅，很悠闲。好在听了周若冰老师的话，不然躲在家里一筹莫展。

晚饭后，孩子们的读书声从屋里传来。儿童的声音是清脆的，像是银笛在她的耳边吹奏，激起她喜悦的心潮。如果今晚贵琴姐也在这里，君玉多想和她合唱一首充满理想的曲子。孩子们的声音好像在告诉她，生命之花已经开放。

月亮升到中天了，月光更加皎洁，照亮了房屋，照亮了田野，照亮了山林。萤火虫在屋前飞来飞去。晚风更加凉快了，身体一阵一阵地感到清爽。如果今天在她的家乡，在那平原地带，肯定热得挥汗如雨。这山村的盛夏就像平原地带的初秋，山村不会是沉闷而炎热的。现在，她完成了一天的工作，闲逛到这里休息，让静静的夜景和清凉的晚风净化自己的心灵。这是多么难得啊！

她口里念起了一首唐诗：

银烛秋光冷画屏，轻罗小扇扑流萤。

天阶夜色凉如水，坐看牵牛织女星。

这首诗，不正是她安闲愉快生活的写照吗！在一天工作之余，拿着扇子拨凉风，让一天暑气蒸发干净，身体痛快得很，一切愁闷烦恼都不存在了。什么市民的吵闹，农事的辛劳，病者的痛苦，贫者的窘迫，富者的烦忧，她都不必加以考虑。她有足够维持生活的收入，日出而作，日落而息。人间的不平与百结的愁肠在这美好的夜里是不存在的，人事纷争与钩心斗角在这山村之夜是不必加以挂念的。她抬头看着银河，看着织女星和牛郎星，这倒勾起了她的心思。看到银河朦胧与神秘，她好像觉得自己的理想也是这般微妙的。想起牛郎织女故事，她心里就对两情相悦夫唱妇随感到钦羡，同时也为他俩忠贞不渝的爱情表示崇敬。

夜景与唐诗把她引入理想中去了，她很渴望创造理想的生活，而现在不过是人生征途的第一步。这条路是中学里的周若冰老师指引她走出来的。

若冰老师非常关心爱护她，把她看作自己的妹妹，经常从精神上鼓舞她，从物质上帮助她。前两天他又来信，信中说：

你在那里应当好好地工作，妥善地安排生活。有时你可能感到无聊，但你应当懂得自处。应当从理想、从内心世界中去寻求乐趣，从自然环境中寻求安慰。

工作之外，你要好好自学一些东西，要把自己培养成有用的人才、具有独立生活能力的人。

你要和堂姐妹贵琴好好相处，互相关心，互相帮助，互相鼓舞，共同进步。

你现在能够独立生活了，应当大胆地到人群中去，要大胆地见识见识这个世界，用你的充满爱的心去寻求幸福，创建家庭。你要到人生的海洋中恣意地航行，然后寻找个码头归宿。

周若冰 字

记起了若冰老师的信，君玉的心潮涌动起来了，进取心、人生的理想打破了心境的平静。这山村的生活是独立生活的第一步，是向前进取的基地。应当先安排这里的生活，然后再去建造未来。

她望着皎洁的月亮，银色的世界，静穆的村庄，心想：青春啊，不要太快过去吧；时间啊，应该慢一些前进，让她有充裕的时间建设生活。

月光照着她的白皙的面庞，那面庞上隐含着理想。

"玉老师，你还在乘凉呀！"房东老妇人出来了。

"你这么迟才出来，坐吧！"君玉请老妇人坐到她身边。

"洗洗碗就迟了！"

她们俩就闲谈起来。老妇人说长子长媳和她分家了，第二、三个孩子年纪还小，还没有娶媳妇。讲到孩子们的事情，老人家总是说没有安排好子女的生活，觉得于心不安。

"那没有什么呀！老伯母，你太操心了。下一代的事情，他们自己会安排，现代青年男女都应当有独立生活、自己安排自己命运的能力。你老人家也该多多休息，注意身体健康。"君玉劝导说。

"你呢？玉老师，你家里父母姐妹兄弟都好吗？"老人关切地问。

"父母都在，姐姐出嫁了，哥哥娶了嫂嫂，妹妹也嫁人了。"

"你呢？你一定名花有主了。"老妇人笑起来。

"我还没有呢，老伯母。"

"骗我吗？你一定有一个很能干的丈夫。"

"不骗你，还没有呢。"君玉说，"老伯母，我自己能够独立生活再说吧。"

"哎，这么可爱的女孩子，还不快快找个对象。我想你将来一定能找一个满意的人，有个很温暖的家庭。你自己幸福，父母亲们才会安心。你的那个贵琴姐生得那么漂亮，她一定有了好丈夫呢。"老妇人不停地说着，一直看着君玉，"那时候，你一定不要忘记我，一定要请我吃糖，一定要把你爱人带来给我看。"

"谢谢你，老伯母。我不会忘记你的。"君玉握住老人的手说。

"玉老师，你这么年轻，这么漂亮，这么活泼，这么善良，一定会幸福的。"

君玉听着，没有回答，只是抬头望着明月，脸上浮着微笑，好像一朵娇嫩的花正在绽放。

写于 1972 年 4 月

后记

《山村女民办教师》的出版得到师友和亲人的大力支持和帮助,不胜荣幸。

我的老师、福建师范大学教育科学研究所原所长、中国教育学会常务理事张萍芳教授欣然为拙作题写书名。

罗源一中原校长、福建省作家协会会员张兆浩先生乐于为拙作作序。

海峡文艺出版社编辑莫茜女士为人热情,且工作很专业,对拙作定稿有过指点和帮助。

我的爱人李娟娟为拙作誊正稿子。我在书房忙于伏案写作,她常奉茶送饭,不厌其烦。

特此,向诸位致以诚挚的谢意和崇高的敬意。

肖书椿

2020 年 4 月